#sexy #yogi #sándwich

#sexy #yogi #sándwich

Coco Duval

Novela ganadora del XI Premio de Novela Romántica Terciopelo

Primera edición: mayo de 2017

© de esta edición: 2017, Roca Editorial de Libros, S. L.
Av. Marquès de l'Argentera 17, pral.
08003 Barcelona
actualidad@rocaeditorial.com
www.terciopelo.net

Impreso por Liberdúplex, s.l.u.
Ctra. BV-2249, km 7,4, Pol. Ind. Torrentfondo
Sant Llorenç d'Hortons (Barcelona)

ISBN: 978-84-94425-59-2
Depósito legal: B. 8053-2017
Código IBIC: FRD

RT25592

«*I always hope they play* Creep.»

ANÓNIMO

A mi alma gemela y a ese otro pedacito de mí

Este libro es una novela de ficción que toma prestada con respeto y admiración la figura del célebre pionero de la aviación Charles Lindbergh. La mayoría de las cosas que se cuentan sobre Lindbergh se pueden encontrar en sus biografías. Su relación con el personaje de la novela es ficticia.

Prólogo

Septiembre de 2016, Paso Stelvio, Alpes italianos

Toda una familia ha sido borrada del mapa en cuestión de segundos, ninguno de los nueve miembros se ha salvado, esfumados de la faz de la tierra para siempre, sin más.

Viajaban en una autocaravana de dimensiones exageradas, el abuelo al volante. Regresaban a Zúrich después de unas breves vacaciones por el norte de Italia.

El abuelo dijo que serían probablemente las últimas vacaciones todos juntos, nietos incluidos; y así ha sido, pero para siempre. Para los gemelos de dieciocho meses, para la pequeña de tres años y los dos matrimonios jóvenes.

El Paso Stelvio que cruza los Alpes italianos en dirección a los suizos es una de las carreteras de montaña más peligrosas de Europa, casi siempre hay niebla, hoy también.

Una autocaravana con capacidad para tanta gente es como un camión por fuera y como un apartamento por dentro. Dadas las dimensiones, resulta muy difícil hacer una maniobra de emergencia. Por ello, y aunque los Berenguer, suizos todos excepto el abuelo, iban suficientemente despacio dada la peligrosidad del camino, nada han podido hacer ante la aparición de un motorista suicida. Se les ha echado encima invadiendo su carril; Liz ha gritado y Pablo, el señor Berenguer, ha dado un volantazo. Eso ha sido todo, han caído por el precipicio.

El motorista ha parado, se ha acercado al borde de la carretera con cuidado de no ser visto, se ha quitado el guante derecho y rápidamente ha sacado el móvil de su mono negro. A continuación, lo ha introducido parcialmente dentro de su casco integral y ha dicho:

—*Alle tot!*

Es decir, ¡todos muertos!

Ha vuelto con su moto a la carretera y ha desaparecido entre la niebla.

1

Paradise de Sade Adu

Barcelona, mediados de octubre de 2016

—Colocad el cuerpo boca arriba y cerrad los ojos, separad ligeramente las piernas y los brazos del cuerpo; las palmas de las manos miran hacia arriba y las piernas y los pies caen un poquito hacia los lados.

Estoy en mi clase de yoga; este es el mejor momento, el savásana, la relajación final. Respiro en compases de ocho al inhalar, de ocho al exhalar, y concentro mi atención en los puntos que nos marca con su voz nuestra guía, para relajar primero los pies, luego los tobillos, las piernas, las ingles, los órganos sexuales (esta parte es de cosecha propia...), el tronco, hasta llegar a los párpados y la frente, nos quedamos en silencio, profundamente relajados.

Luego ya tengo prisa por cantar mi Om, una ducha rápida y prácticamente a la carrera para abrir la escuela de arte. Hoy me toca a mí; Bruno ha llevado a Maya al colegio.

Cuando llego al jardín y abro la verja el gato me está esperando y se me enreda entre las piernas maullando. *Pío* es el gato de la escuela, y de todo el barrio, porque entra y sale a su antojo, desafiando a los perros, a los coches y a cualquier cosa que se interponga entre él y las chucherías que le dan los vecinos.

Cruzo el jardín y me acerco al invernadero de Bruno; me ha dicho que desconecte el riego automático y que sobre todo no toque nada. Según él, soy una homicida botánica desde que confundí unas vitaminas con otro producto algo más fuerte hace unos años. Fue una masacre.

Aún tengo un rato antes de que lleguen los profesores. Primero, necesito conectar la corriente en el edificio de la escuela y en una hora ya estará aquí Lola, la secretaria. Cruzo de nuevo el jardín hasta el otro edificio donde Bruno tiene el invernadero, la cocina casi industrial donde desarrolla su blog y también su despacho, donde además, muchos días, hacemos la siesta después de comer. Estos tres espacios son el reino de Bruno. Sería imposible mantener toda esta infraestructura si no hubiese heredado las dos naves en medio del barrio de Sarrià, que un día fue la fábrica de pan de su abuela.

Entro en el despacho de Bruno y enciendo la Nespresso; busco el cigarrillo electrónico en el bolso y me estiro en penumbra en una de las *chaise-longue* a tomar mi *ristretto*, el segundo de la mañana, mientras fumo Irish Cloud, el líquido sin nicotina que, en teoría, sabe a café irlandés. A mí me sabe a vainilla, pero al menos parece que estamos a un paso de dejar de fumar.

Oigo como entra un correo en mi iPad; tengo un sonido submarino de aviso que casi no se oye, pero yo los oigo siempre aunque haya ruido alrededor. Saco el iPad del bolso y a la vez la carta en alemán que recibí hace unos días. La abro y la vuelvo a mirar; parece de una notaría o de un despacho de abogados. Es un texto corto en el que apenas reconozco alguna palabra aunque sí un nombre, el de mi padrino Pablo Berenguer, a quien no he visto desde que tenía cinco años, excepto en el entierro de mi padre hará unos seis años.

Escribo un correo corto a Hans para que me ayude a

traducir la carta e intento quedar con él a alguna hora esa misma tarde.

Reviso mi correo y decido dejar todos los demás para más tarde. En el *spam* hay uno en inglés que no reconozco, de un tal Alexander Lindbergh y dice lo siguiente:

> Dear Mrs. Mayer,
>
> I am profoundly sorry for your loss. Please contact me for a personal meeting. As your partner, I would like to provide advicement and guidence through all the legal procedure we now face.
>
> P.S. My personal cell number – 600 600 600
> Sincerelly yours,
> Alexander Lindbergh
> Lindbergh Hotel Group

Lo vuelvo a leer y pienso que seguro que ha pagado por tener un número de móvil con esa numeración y no sé a qué pérdida se refiere, porque a mí no se me ha muerto nadie, aunque empiezo a intuir que quizás se refiere a mi padrino y que tenga algo que ver con la carta en alemán. Respecto a ser mi socio, a ayudarme y guiarme, ¿quién coño es este tío?

Decido llamarlo. Cojo el teléfono fijo y marco.

—*Lindbergh speaking.*

—Señor Lindbergh, soy Johanna Mayer.

—¡Oh, sí! Señorita Mayer, gracias por llamar tan... mmm... *fast*.

Habla un español lento que al teléfono se entiende poco. Le corto.

—Señor Lindbergh, no entiendo nada. ¿Qué quiere usted?

—Tengo *business* que solucionar con *you* porque Mr. Berenguer *es* muerto.

Ahora ha sonado exasperado y tajante.

—¿El señor Pablo Berenguer?

—*Yes*. Él fue mi *partner*, mi socio, ahora *it's you*. Podemos vernos y yo explico.

—Mmm, sí, supongo, ¿dónde está?

—En mi hotel *at noon*, envío *e-mail*. Gracias por llamar.

Cuelga.

Será capullo. Respiro profundamente, molesta. Un recuerdo de mi abuela y su incapacidad para despedirse al teléfono se me cruza y me hace gracia.

Bruno ha llegado. Se acerca y me besa en la mejilla.

—Hola, Peque, ¿cuántos cafés llevas?

—Solo uno.

—Voy a hacer zumo, Óscar me ha traído unas naranjas bestiales.

—Sí. Oye, ¿recuerdas la carta en alemán?

—Sí

—Pues un tío, un tal Lindbergh, me ha escrito esto.

Le paso el iPad. Ping, entra otro correo y Bruno lo lee.

Parece que habéis quedado.

—Lo he llamado hace un momento. Berenguer ha muerto. Tengo que llamar a mi madre.

—No te puedo acompañar, hoy tengo un día movido. Hay un escape en Bonanova, van en canoa por el piso.

—¡Joder! Vale, no te preocupes. ¿Has llamado al Ruso?

—Sí, ahora viene. ¿Tienes algo para él?

—No, todo parece funcionar esta semana.

—¿Nos vemos para comer? Hoy hay *happy hour* —me dice con su mejor expresión sexy y burlona. Me abraza.

—Bueno, bueno, ya veremos... —respondo, y le beso en el cuello.

—Creo que iré a cambiarme.

—Estás bien así.

—No, creo que iré más cómoda si me arreglo un poco. Ese tío, Lindbergh, bueno no sé...

Me besa en la frente y nos separamos.

Y

Dos horas más tarde llego al hotel Lindbergh en el paseo de Gracia; es tan nuevo que ni siquiera había oído hablar de él. Del edificio sí, claro. Se halla en el número dieciséis. Es un edificio emblemático con aire neoyorquino, uno de mis favoritos.

Entro en el vestíbulo; es espectacular, inmenso, con un marcado aire retro, mucho *art déco* pero contemporáneo a la vez, impresionante. Me parece haber entrado en una película de los años cuarenta y hasta la recepcionista parece *vintage*, muy maquillada, con un traje sastre, el cabello recogido y tocada con un sombrerito.

—Por favor, coja el ascensor hasta el ático. El señor Lindbergh la espera hace rato. Indíquele al ascensorista que la esperan.

Vale, llego tarde y el pastoso este está enfadado. La verdad es que nunca llevo reloj ni móvil, así que no sé muy bien si son diez minutos o media hora...

Sigo la indicación y espero frente al ascensor que es moderno. Tiene un indicador, como si fuera una aguja de reloj, que va marcando en qué piso está en cada momento, muy *old fashion*. El ascensor se abre y un tipo disfrazado de ascensorista de los años cuarenta me hace un gesto con la cabeza. Me dice que el señor Lindbergh me espera. Joder, lo sabe todo el mundo ¿o qué? Entonces me doy cuenta, lleva un pinganillo en la oreja.

Ignorándolo me doy un vistazo en el espejo, también antiguo; me he puesto una camisa de seda blanca con encaje (eso le va a gustar al tal Lindbergh), llevo vaqueros pitillo y unas botas mexicanas bajas. *Un peu rock, un peu chic aussi.* Me queda bien.

Se abren las puertas directamente en el apartamento y... ¡Oooh! ¡Dios! Este podría ser el apartamento del gran Gatsby. Es inmenso, a dos niveles, también retro; los ventanales tipo *loft* me transportan a la ciudad de Nueva York o a Gotham. Es completamente irreal y, además, no hay nadie.

No sé qué hacer, ¿me pongo a gritar «Yujuuu, he llegaaado» con voz dulce? No, mejor no. Me fijo en una foto enorme de un aviador de los años veinte, muy guapo. Me quedo absorta mientras mi cerebro procesa y entonces caigo en la cuenta: es Charles Lindbergh, el famoso aviador, el primero en cruzar el Atlántico. Quizá sea su abuelo.

Aquí no hay nadie, esto no tiene sentido. Miro a mi alrededor y veo una única puerta entreabierta junto al ascensor. Me acerco y meto la cabeza. Ahí está el tal Lindbergh, sentado en penumbra en lo que parece su despacho, con la cabeza apoyada en las manos. No le veo la cara y me acerco un poco más.

—Señor Lindbergh, soy Johanna.

Sin levantar la cabeza me hace un gesto con la mano como diciendo un momento y, luego, algo parecido a un siéntate.

Me siento dejando el casco en el suelo y contengo la respiración. Solo hay una pequeña lámpara de mesa encendida y orientada hacia la pared.

Parece bastante joven. Empiezo a ponerme nerviosa.

—Mr. Berenguer y yo tenemos contrato de hotel *before the accident*, tú ser *beneficiary of the will*, del testamento.

—Pero ¿y su familia, sus hijos, Liz?

—Todos muertos en *accident*. Nueve *people*.

Dice todo esto con la cabeza entre las manos. Todos muertos, no puede ser.

—Señor Lindbergh, ¿tiene jaqueca? ¿Se encuentra bien?

—*It's migraine* —responde en un susurro grave y sexy a la vez.

Voy a decirle que tengo analgésicos, pero el tío levanta la cabeza y me mira a los ojos completamente ausente.

Se me congela el alma.

Vale, esto es un caso de ABV (auténtica belleza verdadera) o mejor un BVCI (belleza verdadera con carácter e inteligencia).

Cuando era *booker* en la agencia de modelos Elite tenía más de veinte categorías estúpidas de este tipo para clasificar a los modelos hasta llegar a CJR (cabeza jaula recauchutada); era como un código, aunque a veces era práctico.

Pero lo que más me impacta de él es su androginia, sus facciones son tan perfectas que podría ser una mujer algo masculina.

Se supone que la experiencia me hace inmune a este tipo de personas, pero no sé, no sé. Lo que tengo delante es un espécimen fuera de lo común; siento mariposas en el estómago.

¿O quizá sea un poco más abajo?

Lindbergh cierra los ojos y puedo sentir su dolor. Los vuelve a abrir todavía sin verme y dice:

—*I believe you have me under a microscope.* [Me tiene usted bajo el microscopio].

—*I'm sorry.*

Tiene razón, me he quedado congelada mirándolo un buen rato. Lindbergh vuelve a cerrar los ojos y aprieta los dientes.

Definitivamente, es una mezcla entre Clark Kent y el Dorian Grey de mi imaginación. Es Dorian Kent...

—Disculpe, mmm, ¿siente como fogonazos de luz blanca frente a sus ojos?

—*What?*

—*Flashing white lights in front of your eyes?*

—*Eh, yees.*

—Puedo intentar un truco. Mi padre tenía migrañas y solía ayudarle.

—*You could do vodoo to me at this moment, I don't*

care. [En estos momentos podría hacerme vudú si quiere, no me importa].

Sí que te haría vudú, sí, y alguna cosita más.

Me levanto y me sitúo detrás de él y aspiro un tenue olor a lavanda. Mmm, huele bien. Una brisa apenas perceptible me recorre la espalda, tras las cortinas hay como una puerta que da a un balcón o una terraza.

Como lleva el pelo engominado peinado hacia atrás solo tengo que colocar mis manos alrededor de su frente para calcular la dimensión de su cráneo, luego pongo tres dedos sobre cada uno de sus párpados.

—Estás *sigurrra*? *I'm terrified...*

Mmm... Esa voz me ronronea por dentro, está bromeando. Me froto las manos enérgicamente para calentarlas, las vuelvo a colocar sobre sus ojos y le digo al oído:

—No se preocupe, señor Lindbergh, solo voy a estrujarle las ideas un poquito.

—¡Haz lo que debas!

Dice «hazzz» con su fuerte acento americano. Las mariposas que sentía antes, son ahora colibríes revoloteando por ahí abajo. ¿Qué estoy haciendo?

Y como de costumbre, mi cabeza radio se enciende y me pone la banda sonora. Ahora, me suena dentro *What am I doing?*, de Michael Landau, canción que, por otro lado, ni siquiera me gusta.

—*Ready?* —le pregunto y, sin esperar respuesta, aprieto los dedos sobre sus párpados y le hundo los ojos en las cuencas todo lo fuerte que puedo. Igual se levanta y me da una hostia..., pero de momento no se mueve.

Sigo apretando con los pulgares colocados a cada lado de sus mejillas, y él suelta el aire como suspirando. Ay, ay, siento un calor que me sube por el estómago hacia arriba, lo siento en el pecho y en las mejillas.

Desplazo mis manos hacia los laterales de su cabeza apretando las sienes y coloco ahora los dos pulgares en la base del cráneo; aprieto fuerte. Al hacerlo le he revuelto el pelo sin querer; bueno, sin querer no.

Sigo apretando y suelto de golpe para hacerle un pequeño masaje con los pulgares en las cervicales. El tío suelta un «ahhh» del todo sexual, completamente lascivo.

—*That feels sooo good!*

Y ya no puedo, todo mi cuerpo irradia calor, me sudan la frente y las manos. Tengo palpitaciones que van *in crescendo*, es taquicardia. ¡Horror! La menopausia así de golpe, tengo que salir de aquí. Pero el tío me ha cogido una mano cuando las he descansado un momento sobre sus hombros. Deja, deja que estoy sudada. Me escurro como puedo y salgo por la puerta. ¡Gracias a Dios está abierta!

Aire, luz, ¡bien! Y una terraza inmensa con un jardín zen y una piscina. El corazón me late en las sienes. ¡Cómo vive el tío! Respiro profundamente, inspiro en intervalos de cuatro, espiro en intervalos de ocho, más despacio para oxigenar todo mi cuerpo, y poco a poco mi ritmo cardíaco vuelve a la normalidad. Bueno, es oficial, Dorian Kent me ha puesto cardíaca, literalmente.

Y, a decir verdad, la sensación es deliciosa, ese vértigo propio de los principios, del enamoramiento, no se puede sentir lo mismo después de quince años de relación o las parejas vivirían en pura esquizofrenia con una taquicardia tras otra y ganas de reír y llorar a la vez todo el día.

—*There you are!*

¡Oh, oooh! Lo tengo detrás de mí, bueno, llegó el momento de enfrentarme a Míster Maravilloso. Me giro con toda la naturalidad de la que soy capaz y... se me congela el alma. Otra vez.

Es alto, bastante delgado, con espaldas anchas, nada musculoso, incluso un pelín enclenque, de hecho. Es perfecto. Lleva un traje chaqueta de lino crudo muy estrecho con pantalón de talle alto que le sienta como un guante.

—Johanna, *grasiasss*, ¿volvemos a *empessar*?

—¿Cómo, otro masaje?

—Soy Alexander Lindbergh.

Me ofrece su mano para que se la estreche y yo me aseguro de que la mía no siga sudada.

—Señor Lindbergh, ¿se encuentra mejor?

—Mucho *mehor*.

Sonríe satisfecho y… se me congela el alma.

Esto ya empieza a ser un poco cansino, y es que el tío irradia confianza, atractivo sexual, melancolía, todo bien aderezado con un físico imponente, una mirada azul oscuro y una piel también oscura. Sin embargo, hay algo que no encaja en absoluto. El tipo es raro, espectacular sí, pero raro también.

—La vista es impresionante —suelto mirando en dirección al mar para intentar evitar mirarle porque, ¡oye!, las dos vistas son impresionantes.

Le suena el teléfono, Billie Holliday.

—Roberto, *we're outside. Hold on.*

Ha dicho *Roberrrtou*, y si nosotros estamos fuera es que dentro está *Roberrrtou*. Entramos en el supersalón gran Gastby y, efectivamente, hay un chico joven de unos treinta años, rubito, mono, traje negro bastante estrecho, moderno.

—Señor Lindbergh, su próxima cita está esperando: los japoneses.

—*Well*, señorita Mayer, no hemos hablado —me dice.

Y Roberto pregunta todo desconcertado:

—¿No han estado hablando?

Tal como lo dice se sonroja.

—Hemos estado ocupados haciendo otras cosas… —respondo yo con una sonrisa traviesa. Y es que me lo ha puesto en bandeja y, para mí, el sarcasmo es la sal de la vida.

—*Yes, that was great* —dice Lindbergh guiñándome el

ojo mientras se repeina un poco el pelo revuelto. Pobre *Roberrrtou*, no entiende nada.

—Johanna, te veo *again*.

—Sí, Alex, te llamo luego.

A Roberto le va a dar un infarto y Lindbergh se ríe con ganas. Me gusta su risa, es franca y me gusta que tenga sentido del humor.

—*Roberrtou, please, set out the details for our trip to Zurich and hand to Miss Mayer the papers from our lawyer.* [Roberto, por favor, precise los detalles de nuestro viaje a Zúrich y entregue a la señorita Mayer los papeles de nuestro abogado].

Viaje a Zúrich, abogados. ¿Cómo he podido olvidar el accidente? Están todos muertos.

Roberto asiente a Lindbergh.

—Venga conmigo, señorita Mayer.

Entramos en el ascensor. Y mi radar gay está detectando algo; su piel está tan bien cuidada y, además, me parece percibir algún que otro pinchazo por aquí y por allá. Algo de bótox en la frente, quizá, y los labios ligeramente hinchados. Me fijo en sus zapatos de Prada. Puede que también su jefe sea gay y mi radar no haya funcionado porque mis hormonas iban galopando por su pradera.

—Bonita camisa, ¿Paul Smith?

—Síííí.

Sonríe. Vale, pillado. No es que haya una forma de sonreír gay, pero sí que hay una cierta reacción, un cierto brillo en los ojos cuando hay pluma. Aquí hay pluma. He sido testigo de las dos primeras bodas gay de Cataluña, y Bruno y yo somos padrinos de una niña que tiene dos madres; sé de lo que hablo...

—Tu jefe es muy guapo.

—Síííí.

Confirmado.

—Señorita Mayer, deberían volar a Zúrich el miércoles por la tarde. Debería revisar el acuerdo con nuestros abogados.

—Bueno, me llevo los papeles y así les echo un vistazo con mi marido.

—En mi informe no dice que esté casada.

—¿Tienes un informe mío, *Roberrtou*?

Se incomoda porque sabe que ha metido la pata.

—Cualquier socio del señor Lindbergh tiene que ser investigado, como puede imaginar.

—No soy socia del señor Lindbergh.

—Sí lo es, de momento, en ausencia del señor Berenguer. Le enviaré los pormenores por correo electrónico, pero creo que debería tener en cuenta que es probable una cena en la embajada estadounidense. Necesitará un vestido de cóctel o de noche.

Y ahora es Roberto el que se ríe de mí por mi expresión de pánico de ¡sálvese quien pueda!

—No se preocupe, le puedo echar una mano con eso.

Espera un momento, niñato, que no he pasado diez años en la industria de la moda para que me asuste un cóctel. Bueno, no me asusta, pero me da una pereza supina. Y también miedo, para qué negarlo.

Por si acaso, le agradezco el ofrecimiento cuando llegamos a la recepción y me despido. Ya he tenido suficiente por hoy. Quiero volver a casa, a mi pequeño universo sin gigantescos *lofts* ni hoteleros perturbadores con migraña, tan sexys, tan tristes, tan magnéticos.

Veinte minutos más tarde he cruzado Barcelona, dejo la moto en el jardín y paso por delante de la secretaria de la escuela saludando con un gesto. Eso significa: tengo prisa, no me molestes, lo que haya para luego.

Entro en la cocina de Bruno con cuidado por si está grabando el blog. No está grabando el blog, está sentado con la mesa puesta y se ha cambiado, lleva una camiseta que dice

«*Jesus is my homeboy*» con un cárdigan gris oscuro y unos pantalones vaqueros verdes gastados metidos por dentro de unas botas sahara. Recuerda a un roquero sanote con el pelo algo largo y un poco rizado. Mitad rock mitad *british*.

Bruno es atractivo, muy atractivo; no es un guapo convencional, se gusta a sí mismo y gusta a casi todas las mujeres y a muchos hombres. Sin levantarse del taburete estira el tronco y un brazo hasta alcanzar la nevera y saca una ensalada de salmón y aguacate. El vino está abierto y algo en el horno huele que alimenta.

—Justo a tiempo, iba a empezar sin ti.

—Sin mí, no me lo creo. ¿Te has cambiado?

—Me he manchado en el huerto.

—Marranusko…

—¿Cómo ha ido con el americano? ¿Cómo es?

—Ahora te lo enseño.

Mientras Bruno acaba de colocar el pan y el aceite en la mesa yo saco mi iPad, me conecto a Google y escribo Alexander Lindbergh e inicio la búsqueda. Se me ocurre que mejor que divagar sobre mi extraño encuentro y decirle que Linbergh es un tío guapísimo y que me ha puesto a cien, será mejor que lo analicemos juntos.

Resultado de la búsqueda: un montón de entradas, biografía en Wikipedia y fotos. Más entradas de Charles Lindbergh el aviador. Abro una foto al azar… y se me congela el alma.

Lindbergh es fotogénico para más inri. Disimulo cogiendo mi copa de vino y doy un buen sorbo, pero Bruno y yo llevamos quince años juntos y conoce cada reacción de mi cuerpo.

—¡Vaya! El tío es guapo.

—BVCI (belleza verdadera con carácter e inteligencia)

—¿Tanto, tú crees?

Lo miro con expresión incrédula como diciendo oye, tú eres el experto, el fotógrafo, el que aprecia un cuello largo, una buena clavícula, unos pómulos... Seguimos los dos absortos mirando más fotos.

—Quizás sí, no sé, tendría que conocerlo.

—Sí, bueno, nos vamos todos a Zúrich así que...

—Pues sí que tiene algo el tío.

—Quizás son los ojos... azul violeta en plan Liz Taylor. ¿Sabes aquel azul noche tan raro?

Hemos hecho esto cientos de veces en los *castings* cuando trabajábamos en moda: estudiar una cara y un cuerpo viendo las posibilidades estéticas.

Cabeza con cabeza leemos por encima la biografía. Alexander Lindbergh nació en Maui (Hawái), tiene nuestra edad. El Lindbergh famoso, el aviador, no es su abuelo sino su padre, y tuvo varios hijos dentro del matrimonio y otras familias secretas en Europa. El gran héroe estadounidense considerado la personificación de la virtud resultó ser un casanova. Miro a Bruno.

—¿Cómo puede ser? Su padre murió en 1975 a la edad de setenta y dos años y él nació en el mismo año.

—¿Qué es lo que no puede ser? Aquí dice único hijo ilegítimo reconocido por Charles Lindbergh. Por eso tiene su apellido; los otros, no.

Seguimos leyendo y encontramos la explicación de esa melancolía que percibo. Alexander se casó a los veinticuatro años con su novia de la universidad, su mujer murió a los nueve meses en un accidente esquiando. Hay fotos de ella. Sharon Blake.

Bing, bing, bing. El horno de Bruno está pitando y él se levanta para retirar unos puerros con bechamel gratinados. Dejo el iPad y nos ponemos a comer. Mmmm, qué bueno está todo. Lo mejor de vivir con Bruno es que he aprendido a disfrutar de esos pequeños momentos del día a día tal como lo hace él.

—Espectacular —ratifico tras mi primer bocado de puerro.

—Como siempre —dice él, medio en broma, con esa inconfundible seguridad en sí mismo. Hombres y mujeres. Me parece que, al menos en mi caso, soy muy diferente, no tengo esa seguridad instantánea, dudo muchísimo por cualquier tontería. Aunque, junto a Bruno, estoy aprendiendo a no malgastar energía con tonterías. Para él la esencia y la relevancia del universo está en unos buenos tomates, en la puesta de sol y en tener tiempo para no perderse la vida. El tiempo es el verdadero lujo, esa es una de sus máximas.

Tomamos el café en el jardín mientras hablamos de qué es lo que cenaremos esa noche. *Pío,* nuestro gato, se acerca a Bruno y se le sube en el regazo. Está gordo porque nos es imposible controlar lo que come. Bruno lo acaricia y le habla como a un bebé.

—*Pío,* mi bichejo, ¿quién es el gato más canalla? ¡Ay, mi *Pío,* aiiiichh!

Lo manosea y el gato se pone panza arriba.

—¿Tenemos tiempo para la hora feliz?

Mientras dice eso sus ojos ya se han enturbiado y la erección en su pantalón es más que evidente.

—Minuto feliz, diría yo. Bueno, ¿has hecho el bocadillo de Maya?

—Sí.

—Pues pase usted a mi despacho y bájese los pantalones.

Bruno lleva su cigarro electrónico en la mano y yo las tazas de café de vuelta a la cocina. Cuando entro en el despacho está apoyado en la mesa chupando su cigarro. Me acerco y coloco un taburete justo enfrente de él, me siento y mi cara queda a la altura de su bragueta.

Me acerco al bulto de su pantalón y aprieto la nariz, luego la frente, recorro su pene sin prisa, la erección se hace mayor. Bruno sigue fumando su cigarro y sus ojos ya están ausentes, desenfocados. Desabrocho el cinturón de su pantalón y se lo bajo, junto con sus bóxer, por debajo de la rodilla, su pene se despliega en todo su esplendor y me toca la nariz. Con la punta de la lengua recorro despacio los laterales, la columna de su pene mientras Bruno contiene la respiración. Ahora recorro con la lengua el centro de la columna desde los testículos hasta el glande. Bruno aprieta los ojos y exhala el aire entre los dientes. Shhh. Deslizo la lengua alrededor de su glande, me coge el pelo e inhala a través de los dientes produciendo un ruido de succión. Me la meto en la boca, toda, hundo la cabeza en su entrepierna hasta tener la punta de su pene en el fondo de la garganta.

—Arrrgh —dice Bruno y me tira del pelo.

Todo es silencio excepto por los jadeos de Bruno; puede tirarme del pelo, eso lo sabe, pero como me coja de las orejas le morderé, eso también lo sabe.

Imprimo un ritmo circular moviendo el cuello, primero derecha, centro, izquierda y atrás, pero solo chupo hasta media asta, otra vez en círculo, otra vez, Bruno ya está fuera de sí. En un movimiento rápido me la meto hasta la garganta. Ahh, dice Bruno con sorpresa. Ahora vuelvo a concentrarme en el glande y se lo chupo y se lo lamo, en otro movimiento rápido vuelvo a tenerla en la garganta. Ahhh, resuella Bruno. Y entonces le aplico uno de mis truquillos, sacudo la cabeza hacia los lados como si fuera un perro expulsando el agua, eso le vuelve loco y hasta grita, cierro bien los labios sobre los dientes y dejo que su pene penetre en mi boca una y otra vez, me vuelvo a parar en seco y de nuevo sacudo la cabeza.

Bruno deja caer la suya hacia atrás, el cigarro también se le ha caído al suelo y ya no puede más. Noto un bombeo en el interior de su pene y sé que está a punto, lo muerdo con cuidado y me retiro mientras él jadea. Bruno se la coge y con un solo movimiento de su mano hacia atrás deja que todo su fluido salga disparado mientras cierra los ojos y pierde el mundo de vista.

Yo me aparto, por si acaso, y esquivo por poco la salpicadura. Le acerco un rollo de papel de cocina absorbente, se limpia y limpia también el suelo.

Se sube los pantalones y se me acerca, me abraza y me besa. Es un beso profundo, es un beso de profundo agradecimiento, que yo agradezco a su vez porque para mí también ha sido un placer y es un placer tener un marido agradecido. Todo fluye mucho mejor en nuestras vidas por esta pequeña concesión, este momento entre nosotros, casi siempre en el puesto de trabajo, a veces acaba en sexo otras veces se queda tan solo en felación. Hemos calculado que mi récord está en unos dos minutos y veinte segundos, incluso menos. Si me concentro y tengo un buen día, puedo hacer que se corra incluso más rápido, por eso lo de preguntar si tenemos tiempo es más bien una broma entre nosotros, siempre hay tiempo.

—Me voy pitando a buscar a Maya, cojo tu moto.

—Vale.

Y desaparece.

Me preparo para la hora del inicio de las clases de la tarde, a la salida de los colegios. Voy hacia recepción, a los padres y madres que traen a sus hijos a clases de plástica o dibujo les gusta vernos y charlar un rato, es parte del trabajo. Veo a Natalia que es más una amiga que una clienta.

—¡Qué hay, Nat! ¿Te quedas un ratito?

—Un cigarrito, que tengo que llevar a Mateo al pediatra. Tiene una mancha en el pito. ¡Mira!

Salimos al jardín mientras me pasa su iPhone y, efectivamente, hay una foto de un pene infantil.

—Borra eso ahora mismo.

—Mujer, es de mi hijo. Le he enviado un wasap al médico con la foto y me ha dicho que quería echarle un vistazo.

—Yo diría que es un arañazo, seguramente con la cremallera…

—Bueno, me voy, ¿desayunamos mañana?

—Sí, mejor, porque la semana que viene estamos en Suiza.

—¿Suiza?

—Ya te contaré. ¿Todo bien con Óscar?

—Sí, está muy liado, pero todo bien.

Me acerco a un grupo de padres que están hablando en una mesa. Cuando hace buen tiempo muchos esperan a sus hijos en el jardín mientras conversan o trabajan con sus ordenadores. Uno de ellos es un divorciado bastante baboso, pese a lo arreglado que suele ir, pero odio cómo me mira y lo que me transmite con la mirada.

—Hola, Johanna, qué ¿cómo va la crisis?

—¿La crisis? Oh, pues, fenomenal, ¡gracias!

Será capullo, no soporto estas chorradas.

—Disculpa, he olvidado que tengo que hacer una llamada.

En mi cabeza suena *Karma Police,* de Radiohead; siempre me hace gracia tener a Radiohead en mi «radiohead»…

KARMA POLICE

Karma police, arrest this man
He talks in maths
He buzzes like a fridge
He's like a detuned radio

Karma police, arrest this girl
Her Hitler hairdo
Is making me feel ill
And we have crashed her party

This is what you'll get
This is what you'll get

This is what you'll get
when you mess with us

Me escurro entre la gente y vuelvo al despacho. Parece que hoy no tengo paciencia, ha sido un día intenso y solo tengo ganas de llegar a casa.

Maya está cantando en la bañera en plan Cleopatra; con nueve años sigue con sus juegos de sirena. Aún recuerdo cuando tenía tres y hacía lo mismo, pero con las gafas de buceo de su padre. Transpira felicidad por todos sus poros, no se preocupa por el futuro ni piensa en el pasado, vive el momento, debe de ser por eso por lo que se entiende tan bien con su padre y, además, se le parece mucho físicamente con esos ojos grandes, pestañas largas y su boquita de Betty Boop.

Cenamos en la cocina: panaché de verduras, bio, por supuesto, y un poco de conejo al ajillo. Maya parece muy cansada y decido dispensarla de la lectura obligatoria.

—Papi, ¿pedimos la Play 4 para Navidad, para los dos?

—¿Regalo conjunto?

—Sí, y si no nos lo traen lo pagamos a medias, ¡ya tengo ciento veinte euros! Pero compramos juegos también, ¡eh!

—Bueno, hay mucho tiempo aún. No te dejes las acelgas.

—Están asquerosas. No es que tú cocines mal, que lo haces muy bien y siempre me lo como todo, pero...

—Ya, están asquerosas... ¿Te parece bien herir mis sentimientos así?

Bruno pone cara de dolido. Maya se levanta y se abraza a su padre subiéndosele sobre las rodillas y besuqueándole la cara. Es besucona. Y sabe que está bromeando, pero no soporta herir los sentimientos de nadie cercano y, además, es lista y está aprovechando para dar por finiquitada la cena. Recojo la mesa y cargo el lavavajillas.

—Pero Papi, hombre, no hagas acelgas y no te tendré que decir que están asquerosas…

—A lavarte los dientes al menos durante dos minutos.

—Vale, pon el minutero del horno.

—Déjate de minuteros, venga, venga. Te quiero en la cama en menos de lo que tardo en decir *rock&roll.*

—¡Ya lo has dicho! Ji, ji, ji.

Siempre ríe. Maya es risillas, le gustan las cosquillas y es muy bromista, el sentido del humor es marca de la casa porque se intenta bromear todo lo posible. Acostamos a Maya y el protocolo exige una media de veintidós besos por parte de ambos y unos diez por parte de ella. Agotador y altamente gratificante.

Una vez en el salón Bruno y yo nos acurrucamos juntos en el sofá y esperamos, haciendo *zapping,* la película que he visto que hacían por el segundo canal en la web de SincroGuía, que es donde elijo qué es lo que vamos a ver si no me apetece leer.

—¿Qué peli?

—*Somewhere,* de Sofia Coppola.

—¿Me gustará?

—Para pillar el sueñecito seguro…

Efectivamente, Bruno prácticamente no ha pasado de los créditos. Como ya la he visto me voy a la cama, intento en vano llevarme a Bruno conmigo; está demasiado dormido. Le doy un beso y le pongo una manta por encima.

Me meto en la cama y me viene a la cabeza el momentazo del masaje a Lindbergh. No había vuelto a pensar en ello. Deslizo mi mano por encima del muslo y me la meto en las bragas; está todo húmedo.

Fuera bragas, me las quito y me subo el camisón corto hasta la cintura. Me chupo el dedo índice y el anular sintiendo ya un calor en la entrepierna que se extiende hasta la boca del estómago. Imágenes de Alexander se entremezclan con las de Bruno y nuestro encuentro del mediodía, mientras con el dedo índice me acaricio el clítoris con pequeños movimientos cortos no circulares, sino como quien intenta sacar una pequeña mancha, y aplico un ritmo monótono, una y otra vez, sin prisa, y, mientras, mi imaginación vuela a jardines llenos de mujeres desnudas que se comen unas a otras, a hombres ensartando a mujeres. Aahhh. Sigo imprimiendo el mismo ritmo con pequeños movimientos cortos. Con la mano izquierda me retuerzo un pezón todo lo fuerte que puedo. ¡AAHHH! Aunque no me hago daño, mi pequeño botón irradia placer a todas las terminaciones nerviosas, mis piernas se agarrotan y lo empujo con el dedo corazón hacia abajo hacia el hueso, como si quisiera parar el orgasmo, jadeando. Vuelvo a humedecer los dos dedos con la lengua, con la respiración entrecortada, y en mi cabeza ahora alguien me huele las bragas. Sigo imprimiendo el mismo ritmo y de nuevo presiono con el dedo corazón empujando el clítoris hacia abajo y ya no puedo más y estallo en un orgasmo superhúmedo. Enciendo la luz, ¡qué raro! La sábana tiene una mancha como de un palmo. No es la primera vez y tampoco me importa demasiado, me muevo a la zona seca de la cama y me quedo dormida satisfecha.

Deben de ser las siete, porque he oído a Bruno conectar RockFM en el cuarto de Maya y se ha sentado en su cama para despertarla. Le hace cosquillas y ella aguanta todo lo que puede haciéndose la dormida, que normalmente no es mucho. Luego la deja un ratito más con la radio y viene a despertarme a mí.

—No me hagas cosquillas que estoy despierta.

—Te espero en el café.

Cuando llego a la cocina está a oscuras y tengo mi taza frente a mi silla. Tenemos una ventana que nos permite desayunar con vistas, en este caso ver amanecer, a oscuras, tomando el primer café, en silencio mientras se nos despiertan las neuronas.

Una hora más tarde dejo a Maya en la puerta del colegio, que está en una torre de la zona alta, en la calle Anglí. Es un colegio muy pequeño y familiar de una sola línea. Me despido con el segundo protocolo de besos. Somos una familia un poco pegajosa.

—No te comas a ningún niño.

—Lo prometo.

Bajo paseando hasta Sarrià. Me gusta este momento en el que voy andando al trabajo a eso de las nueve de la mañana. A veces me paro a comprar un cruasán de chocolate en la mítica pastelería Foix y me lo como por el camino. Hoy Bruno no está, pero Lola ya ha llegado.

—Tienes que terminar de cerrar los horarios de la exposición.

—Lo sé, lo sé, pero me falta la confirmación del escultor. ¿Por qué no le llamas? A ver si podemos dejarlo zanjado.

La escuela Artistik es también la galería Artistik. Todo empezó de forma espontánea; tenemos mucho espacio y tanto lo alquilamos como estudio por horas a pintores o escultores como organizamos exposiciones bajo demanda. Ahora estamos con una exposición para el 3 de diciembre a partir de las siete de la tarde, y hasta final de mes.

Ya he hablado con los medios locales y con otros galeristas y colaboradores. No queremos ser intrusos en el mercado del arte, solo alquilamos nuestro espacio y me molesta un poco tener que tratar con el temperamento caótico de los artistas. En este caso, es todo un experimento, ya que vamos a tener ni más ni menos que al famoso Archie Dunne.

El mismísimo Archie Dunne, mucho más conocido por ser cantante de la banda pospunk The Maniacs, con cierto éxito a finales de los noventa, y archiconocido también por sus excesos con las drogas y sus relaciones con alguna *top-model* y varias hijas de famosos británicos. Permanente portada de los tabloides del país…

Por lo visto, y según el comisario de la exposición, va a recalar en las principales ciudades de Europa, Estados Unidos y también Rusia y Japón (donde parece tener muchos fans). El tío utiliza fluidos corporales propios para pintar. Se considera un poeta, está influenciado por la obra de Basquiat y tiene obsesión por Sharon Tate, la famosa actriz esposa de Polanski, asesinada por la secta de Charles Manson en 1969.

Archie Dunne es todo un espécimen en sí mismo, digno de estar en un museo. Cuento con Bruno para manejarlo, aunque tiene verdadera fama de incontrolable, por lo que quizá debamos confiar en Lola.

Lola es como una matrona, es la mamá de todos y es una bendición porque no se le escapa nada. Conoce a todos los niños, a todos los padres, a las abuelas, lo sabe todo. Es muy cristiana y todavía insiste en que Bruno y yo nos casemos o que al menos bauticemos a nuestra hija. «¡Yo creo en el karma, Lola!», le dice Bruno siempre. «Y ese ¿quién es? Algún árabe, seguro.»

Natalia aparece por el despacho con su sonrisa de siempre. Me encanta Natalia, se diría que todo el mundo la quiere. Es pequeña y delgada, pero lo que más me gusta de ella es que me siento cómoda, no siento esa competencia ni siento que me juzga, cosa que sí me provocan casi todas las mujeres excepto mi mejor amiga de la infancia a quien casi nunca veo, o mi hermana.

—Holaaaa.

—Hola, Nena.

—He traído unos bocetos para que te los mires.

—*Coffee*?

—Sí, *please*.

—Nos sentamos fuera…

Natalia me echa una mano con las tazas y yo corto un trozo de bizcocho que Bruno dejó preparado ayer; rezo para que no tenga otros planes para el pastel o provocaré su ira.

Nos sentamos en el jardín. La mañana es preciosa, brillante. El jardín de Bruno está en su apogeo, hay flores de otoño por todas partes; este rincón es un verdadero oasis en la ciudad, y es en estos pequeños momentos en los que me doy cuenta de lo afortunada que soy. Natalia se recuesta hacia atrás en la silla de mimbre, con los pies apoyados en la mesa, y deja que el sol le acaricie la cara.

—Mmm, qué bueno. ¿Qué es?

Yo me siento igual que Nat, con los ojos cerrados y sintiendo el sol en la cara. A continuación, pruebo el bizcocho. Mmm, tremendo.

—Es el de plátano y chocolate. Espero que no tuviera que grabar algo con él…

—*Good morning, lovely ladies!*

Me incorporo al reconocer la voz de Lindbergh de inmediato. Pero el sol me ciega y tardo un poquito en poder visualizar la silueta que tengo delante. Miro a Natalia de reojo; también tiene un ojo cerrado, que poco a poco se va acostumbrando a la luz, y se lleva la mano a la boca del susto. Exacto, ¡da miedo de lo guapo que es!

—¡Alexander! —digo en un alarde de elocuencia. Lleva el pelo sin fijador y le cae a un lado, negro y brillante. Hoy me recuerda más a Keanu Reeves que a Clark Kent, excepto por los ojos color índigo, ni azul ni violeta. Se ha puesto una camisa de manga corta estilo *bowling* bastante retro de color gris marengo con una franja geométrica negra; es de esas camisas que solo se pueden llevar por fuera del pantalón. Sus vaqueros son ajustados, estrechos hasta en el tobillo, y lleva unas zapatillas estilo All Stars, también retro. Debe de ser su idea de vestir informal. Aunque debo reconocer que le queda de muerte y que, si bien podría ser un estilo probable en Estados Unidos, aquí en Barcelona es diferente, como más moderno y realza los rasgos del animal exótico, porque la palabra justa para este hombre es esa, exótico.

—¡Muy chulas tus bambas! Ah, perdona, esta es Natalia.

Todavía con la mano en la boca, Natalia hace un intento de recuperar la compostura y le sonríe enseñando todos los dientes. Así me gusta, la sonrisa de Nat es capaz de desarmar a cualquiera.

—¡Hola, Natalia! *Bambas? What's that?*

—*Oh, the plimsolls. In Barcelona we call them* «bambas»; en Madrid, «deportivas».

—Son de mi *padrre,* 1920 *the first Keds before the Converse All Stars.*

¿Llevas los zapatos de tu padre? Vale, no es exótico es rarito, francamente... Natalia lo mira con los ojos muy grandes, sigue con cara de susto, y a Lindbergh parece hacerle gracia.

—¿Café y bizcocho?

—¡*Porr favorr*! —dice él, con su fuerte acento americano, y se sienta junto a Natalia, se deja caer con gracia, es como un gato negro, como una pantera de movimientos controlados y elásticos.

—¡Voy contigo! Te ayudo.

Natalia se ha levantado como si le hubieran dado un pellizco y me sigue como un perrito faldero dejando a Lindbergh solo en el jardín.

Entramos en la cocina y vuelve a ponerse la mano en la boca.

—¡Tía! ¿Quién es? Es, eh...

—Ya lo sé, a mí me pasó lo mismo ayer. Por suerte hoy he reconocido su voz y he podido evitar quedarme pasmada. Como tú...

—Pero ¿quién es?

—Mi nuevo socio que está como un queso.

Tengo derecho a hacerme la interesante un rato, vamos a ver, no se conocen tipos así cada día. Corto el bizcocho y le hago un gesto a Natalia con el café.

—¿Cómo que socio? Pero si nos vimos ayer y no tenías ninguno.

—Venga, vamos, no lo podemos dejar solo tanto rato. Tira, venga y ¡compórtate!

Salimos de nuevo al jardín. Ha llegado Bruno y están de pie hablando; le está enseñando su moto Impala. Son de la misma estatura, Bruno más ancho, algo más corpulento, pelo castaño claro, rizado, rebelde y algo largo, ojos ambarinos y piel trigueña. Hoy lleva unos pantalones estrechos de cuadro tartán con una botas negras que recuerdan unas militares, pero no lo son; llevan cremallera, también lleva una camiseta negra de pico y un cárdigan rojo de lana bastante largo. Me recuerda a uno mío, eh, ¡es el mío! Menuda pinta, los dos en realidad, porque el yanqui no se queda corto con su rollo retro.

—Bruno, si el pastel no se podía comer no debería estar en la encimera diciendo cómeme...

—¡Ah! Hola, bicho, no te preocupes, ya está todo grabado.

—Tu blog es bueno, *your fans, so funny.*

Alexander ha visto el blog de Bruno y le gusta, le habrán hecho gracia las fans —las perras, las llamo yo— porque le dejan mensajes obscenos en Facebook. Se acerca a la mesa y coge su café y, aún de pie, coge un trozo de bizcocho. No le quita ojo a Bruno.

—Mmmm... ¡¡¡Muy *buenou*!!!

El blog se hizo famoso porque Bruno casi no habla ni se le ve la cara, se graba a sí mismo intentando que no se le vea, pone música y se marca unos bailecitos mientras cocina. En una receta se le ocurrió grabarse a través de un espejo y se le vio la cara y, al rato de estar colgado en YouTube, se hizo viral. Desde entonces, tiene legiones de seguidoras extendiéndose ya por toda Europa y, de vez en cuando, les regala un plano robado…

Aunque últimamente le han hecho varias entrevistas en revistas y en periódicos, el misterioso Bruno Martí de *Cooking is sexy* es ya un secreto a voces.

—¿El Mercedes SLS plateado de la entrada es tuyo, supongo? Johanna, tu socio además de guapo tiene buen gusto.

—¡Oh, es del GT-Club! *Sta serca*, ¿quieres venir?

—¿Vas a devolverlo? ¿Puedo probarlo?

—Sí, ¡no *problem*!

—¡Ahora venimos! —me dice a mí—. ¿Tiene esas puertas que se abren como alas de gaviota? —le pregunta a Lindbergh.

Y desaparecen los dos, uno comiendo bizcocho y el otro entusiasmado de pensar que va a conducir un deportivo de los que suelen aparecer en las revistas de coches que compra los domingos. Natalia y yo nos quedamos viéndolos marchar como si fueran amigos de toda la vida.

—Se han caído bien.

—Eso parece.

—Bueno, ahora cuéntame. ¿De dónde ha salido semejante espécimen? ¿Quién es?

—Es hijo de Charles Lindbergh, el famoso piloto estadounidense que fue el primero en cruzar el Atlántico.

—Pero ¿no es muy joven?

Lola se acerca visiblemente molesta.

—Johanna, Alicia y Joan se están peleando porque uno dice que el otro le invade el espacio. Haz el favor de hablar con ellos, me están volviendo loca.

—Nat, me voy, estos artistas son como bebés: tienes que estar todo el día limpiándoles los mocos.

—Vale, nos vemos.

—Lola, diles que vengan a mi despacho.

Natalia y yo nos damos un par de besos. Me quedo recogiendo el desayuno.

Falta poco para las dos. Bruno y Alexander aún no han vuelto. Qué extraño, normalmente Bruno llevaría rato cocinando. Quizás hoy se salte la receta, a veces lo hace. Me sumerjo en el trabajo y, de hecho, parece mentira todo lo que se avanza cuando no hay distracciones. Oigo un coche en la entrada del jardín, han vuelto con un Panamera, un Porsche. Bruno debe de estar en el séptimo cielo.

Hago ver que no me he percatado de que han vuelto y disimulo.

—¡Eh, ya estamos aquí! Johanna, te lo has perdido, ¡ha sido bestial! Hemos ido hasta Sant Cugat a quemar rueda.

A Lindbergh le hace gracia el entusiasmo de Bruno y me guiña el ojo.

—Se queda a comer.

Lo dice como se lo diría un niño a su madre la primera vez que trae a su nuevo amiguito.

—¡Vaaale!

—Me pongo enseguida.

—Alex, ¿vienes?

—*Mí* viene.

¡Alex! Qué confianzas, lo que hacen ocho cilindros o los que tenga el trasto ese… Bruno probablemente prepare algo rápido porque está claro que el blog lo deja para otro día; nunca lo grabaría habiendo alguien más en la cocina. Media hora más tarde Bruno me llama y entro. Lindbergh está abriendo una botella de vino, pero parece que se han bebido más de una cerveza cada uno.

—Hola, chicos, ¿qué comemos?

—Tartar de atún con aguacate y un poquito de arroz basmati. ¿Te apetece?

—Sí, ligerito. Me viene muy bien.

Terminamos de poner la mesa y Bruno corta el pan nuevo de Óscar, es de payés, ecológico, hecho en horno de leña y con un leve regusto a ceniza. Con una rebanada en la mano Bruno coge un cuchillo y le unta un poco de paté. Se lo pasa a Lindbergh.

—Alex, tienes que probar este pan, lo hace un amigo mío.

—¡Buenísimo! *Very down-to-earth.*

Lo dice mirándome a mí y pienso ¿qué narices sabrá un tío con semejante ático y la vida que lleva de lo que es natural o básico?

—¿Qué es *down-to-earth*? —pregunta Bruno; el inglés no es lo suyo.

—Significa natural, llano.

—¡Exacto! Johanna, tu socio tiene *swing*.

«Tener *swing*» es una expresión adoptada de Bruno que significa que algo o alguien le gusta. Sirvo el tartar consciente de que a Bruno le gusta servir él mismo.

—¿Te gusta el pescado crudo?

—Me encanta, *mi* tengo un *problemo* con *japanese* chef en mi hotel *in* Tokio.

—¿Y qué *problemo* tienes? —pregunto haciendo una mueca. Se ríe, bueno, puede que Bruno tenga razón; este tío es un sol y tiene *swing*.

—Mi chef tres Michelin borracho todo el día.

—Vamos a ver, ¿tienes un restaurante con tres estrellas Michelin en Tokio? Será el Nomura.

Ahora es Bruno el interesado.

—Sí, con *sucios* japoneses.

—Socios, Alexander, socios —digo yo, que he pillado el error. Bruno se parte de risa.

—*Yes, partners,* socios, *like us.*

—Por cierto, Johanna, hemos estado hablando del asunto de Suiza, y creo que debes ir con Alex y confiar en sus asesores hasta que tengamos el inventario de tu herencia.

¡Alerta! ¡Pánico! Cojo el vino, disimulo y espero que Bruno no indague en la cara de absoluto terror que debo de tener ahora mismo. Cojo aire y pregunto con una naturalidad perfectamente impostada.

—¿Quieres decir que tú no vienes?

—No puedo, tenemos la venta del piso de Begur a punto. Tengo que estar por aquí y echar una mano a mi padre. Ya sabes que se agobia con estas cosas.

—Bruno, no ha habido en quince años una sola gestión con asesores, gestores, abogados o notarios que no me hayas llevado contigo. Es más, te recuerdo que siempre tengo que negociar en tu nombre.

—Lo sé, cariño, eso demuestra lo mucho que confío en que puedes hacer esto tú sola. Además, todo es en inglés, y sería un estorbo más que una ayuda.

—Pero estarías ahí…

—Oye, ya lo hablamos más tarde.

Me ha cortado, me ha dejado con la palabra en la boca, típico de Bruno. No nos peleamos, aunque discutimos a menudo, y a estas alturas he comprendido que es bastante cabezón y que solo puedo ganar la guerra a base de perder pequeñas batallas sin importancia.

—Tengo que estar en Zúrich *en* mañana. Te recojo en el aeropuerto por la tarde.

—¿Quieres decir que no vamos juntos?

—No, solo vuelta. Yo tengo dos *meetings en* mañana. *Following day,* todo para ti, abogados, *insurance…*

Bueno, es un alivio, no sé muy bien qué pensar de mí misma en estos momentos, lo que sí sé es que el señor Lindbergh me intimida porque me atrae demasiado y eso me preocupa. Y lo que me preocupa más aún es que Bruno es muy sensible a todas mis emociones, o bien no lo capta, o bien prefiere obviarlo, lo cual es aún mucho más perturbador.

¿Qué marido en su sano juicio dejaría, sin dudar, que su mujer se reuniera con un millonario que está como un queso? Quizás sea gay... Bruno tiene un sexto sentido porque siempre lo han perseguido amigos gais, incluso ahora...

—Volvamos a tus tres estrellas Michelin. ¿Qué vas a hacer con tu cocinero?

—*Oh, well!* Tendré que despedir —dice Lindbergh encogiéndose de hombros. Yo no puede dejar pasar más.

—¿Pero antes no bebía? —pregunto. Alexander me mira como si hubiera dicho una estupidez. Oye, es una pregunta lógica, ¿no?

—Su *muher* es más grande y tiene vida sexual activa.

—¿Su mujer, qué?

Bruno no entiende y yo lo intento.

—Vale, su mujer le pone los cuernos y él es más joven que ella. ¿Es eso?

—Sí, yo estar con ella *once not long ago,* ella activa.

¡Atención! ¡Atención! Alexander Lindbergh no es gay, o al menos le gustan las mujeres. ¡Lo sabía, lo sabía!

He perdido totalmente el hilo de la conversación. Doy un buen sorbo a mi vino y los observo absorta. Me fijo en lo diferentes que son, en los puntos en común como la espalda y la estatura. Bruno ríe a carcajadas contagiosas, Alexander tiene una risa traviesa, maliciosa. Bruno me vuelve a servir. Hablan de coches otra vez, Fórmula 1.

—Tengo entradas para todo circuito.

—¿Cómo todo circuito? ¿Todos?

Lindbergh asiente divertido.

—Si tú quieres, vamos: Montmeló, Silverstone, *wherever*! Paddock.

Una alarma suena, Alexander saca su móvil del bolsillo del pantalón, apaga la alarma.

—Tengo que ir.

—¿No tomas café?

—No, yo despistado, tengo que ir. Johanna, *I need your cell number to be able to reach you.* [Necesito tu móvil para poder localizarte].

—Lo siento: no tengo móvil, ni Facebook ni Twitter.

Me encanta el asombro que suele provocar esta afirmación en la gente. Lindbergh no da crédito. Se levanta para marcharse, le da un abrazo a Bruno y a mí, dos besos.

—Puedes llamarme al de Bruno o al de Artistik.

—Ok. Tú *nesesitar* un teléfono —me dice aún demasiado cerca de mí y mirándome a los ojos. ¡No me mires así! No-me-mires-así.

—No pienses que vivo en la edad de piedra, tengo un iPad Air —digo como si eso me redimiera y explicara mi fobia a los móviles derivada de mis años de *booker*. Aprovecho para separarme un poco de él. Suena el teléfono y me escurro por la puerta despidiéndome con la mano.

2

Big Jet Plane

Barcelona, finales de octubre de 2016

Estamos todos sentados en posición de loto sobre nuestras esterillas, hoy somos unos treinta y la sala de madera parece aún más grande de lo habitual. Tenemos los ojos cerrados e intentamos llevar nuestra atención al entrecejo. «Déjalo pasar, déjalo pasar», es el mantra que repito en mi cabeza mientras respiro, inhalo, exhalo. «Déjalo pasar.»

Suena la campanilla que indica que la meditación ha terminado. Colocamos las manos en actitud de rezo y las llevamos cerca del corazón, todos a la vez inhalamos y decimos «Ohmmmmmmmmmmmm» hasta dejar salir todo el aire.

Aún en actitud de rezo nos llevamos las manos a la frente

—*Namasté*.

Es el saludo y la despedida, se usa para dar gracias y para mostrar respeto o veneración. Me quedo un momento en esta actitud, agradecida por la práctica y Míriam, nuestra guía, me indica que me quede un momento.

—Johanna, un momento, ponte en posición de adho mukha, la postura del perro que mira hacia abajo. Te noto más bloqueada.

—Debería llamarse el gato que se estira, esto es lo que hace el mío varias veces al día.

—Tienes razón.

—Quiero que hagas la postura bien consciente.

Pongo las rodillas y las manos en el suelo, asegurándome de que las rodillas están directamente debajo de mis caderas y las manos un poco más delante de los hombros. Separo bien todos los dedos de las manos. Inhalo mientras doblo los dedos de los pies hacia delante y, apoyándome en ellos, levanto las rodillas del suelo mientras voy exhalando. Siento el peso de mi cuerpo en las manos y en la parte delantera de los pies. Elevo la cadera de forma que mi coxis y el culo apunten hacia el cielo.

Estiro bien los brazos hasta los hombros, mantengo la cabeza entre los brazos en línea con la columna y mi cuerpo queda como una V invertida. Mantengo la posición tres minutos, respirando. Hemos hecho esto hoy al menos veinte veces.

—Bien, mucho mejor.

—Ahh, sí, mucho mejor, gracias.

—Estos días en tu práctica no estás concentrada, ¿te pasa algo?

—No, estoy bien, demasiadas cosas en la cabeza.

—Cuando entras por esta puerta tienes que dejarlas fuera.

Le sonrío poniendo cara de ¡qué me estás contando! mientras recojo mi esterilla.

—Faltaré unos días, estaré fuera.

—Practica en casa, si no, luego cuesta más.

—Vale.

Míriam parece que se preocupa, pero me cuesta mucho abrirme a nuevas amistades femeninas. A masculinas, también. Mi universo se reduce prácticamente a Bruno, Maya, mi hermana Gina, bueno, el núcleo familiar en general.

Decido volver a casa y preparar con calma la maleta para mañana.

Sentada en mi cama con el vestidor abierto se me ocurre que prefiero llevar pantalón y *blazer* oscuro para todo el tema de notaría. Rescato mi traje, el traje chaqueta que más me gusta, un Dior Homme de la época de Hedi Slimane, mi diseñador favorito; es una revisión de un esmoquin de pantalón estrecho al más puro estilo roquero de Slimane. Es pre-Maya así que hace siglos que no me lo pongo. Me lo pruebo para asegurarme de que aún lo puedo llevar; ya que estamos, me pongo unos *oxford* negros que también tienen unos lustros. ¡Perfecto!

Me recojo el pelo en una pequeña cola, llevo un estilo *bob* sin flequillo y apenas llega para recogérmelo detrás, pero ahora que me tengo que teñir de vez en cuando alguna cana, aprovecho para llevar un color negro brillante que resalta mi piel blanca y mis ojos verdes. No parezco yo misma últimamente porque soy más bien rubia pajiza, es decir, ni rubia ni pelirroja, pero me encanta ir cambiando de estilo de vez en cuando.

Bruno bromea.

—Tengo una esposa rubia, una morena y una pelirroja, y todas tienen los ojos verdes y una boca de vicio.

Me desnudo y meto la ropa seleccionada en la maleta, oigo un ping que significa que he recibido un correo electrónico. Hay varios en la bandeja, abro el de Roberto de Lindbergh Hotels.

Buenos días, señora Mayer:

El Consulado General de los Estados Unidos en Suiza nos ha confirmado que la recepción es de poca etiqueta, esmoquin o traje oscuro, dado que el señor Lindbergh llevará traje oscuro según el protocolo a usted le corresponde traje corto. Le sugiero que sea de un color sobrio y que si lleva lentejuelas no se ponga joyas. Si tiene cualquier duda, estoy a su disposición.

Atentamente,

Roberto Santafé
P. A. Lindbergh Hotel Group

Robertou garrapata asquerosa, déjame en paz, no pienso ir a ningún consulado, estaré indispuesta pasado mañana a partir de las ocho de la tarde ¿Qué pinto yo con el estadounidense en su consulado en Zúrich? Y sobre todo ¿por qué?

Todos sabemos que no puedo declinar, yo la primera, así que será mejor enfocar el asunto a mi manera. No voy a molestar a Yolanda San Juan, editora de moda de *Noop Magazine*, para una cosilla así, pero sí que puedo tirar de Samanta, su asistente.

Le escribo un correo electrónico explicándole el asunto para que me sugiera algo. Lo marco como urgente. Mientras espero, me doy una vuelta por la casa para ver si la señora de la limpieza ha hecho lo que le pedí en la lista.

Nuestra casa no es muy grande, es un ático de unos escasos ochenta metros, con techos muy altos, un par de ventanales enormes hasta el suelo y dos terracitas.

La reforma la dirigió Bruno, que tenía muy claro que quería parqué de la tienda Heart Wood Floors, de su amigo Ángel, en la calle Pau Claris; uno de los suelos naturales de madera más caros que el dinero pueda comprar.

Realmente es espectacular. Elegimos uno que parece antiguo con unas lamas superanchas y, como él decía bien, con este suelo prácticamente no necesitas decorar. También se empeñó en la chimenea y, por supuesto, su cocina industrial a la vista muy parecida a la que tiene en la escuela.

Una de las terrazas, la más pequeña, la hemos convertido en un cuarto de baño muy especial. Es una construcción de hierro a media pared, luego cristal y de nuevo hierro en el techo, que te permite ducharte o bañarte con vistas. Le hemos dado un aspecto industrial y ha quedado muy bien. Tengo que reconocer que pasé muchos nervios antes de que estuviera acabado, porque fue idea mía y, de alguna manera, podría haber sido un desastre.

Vuelvo a mi cuarto para vestirme, me pongo una falda estampada con pajaritos negros, que ni me acordaba que tenía, con unas botas bajas sin medias y una camiseta negra.

Llega un correo al iPad de Samanta Smith González.

> Hola, Nena:
>
> Solo me escribes para pedirme favores, ¡putón! Tienes suerte, estoy en Barna con dos producciones. Si quieres, te vienes y te presto algo. ¡Tienes que devolverlo el viernes que viene sin falta!
>
> Tengo Isabel Marant, Tom Ford, Miu Miu, Saint Laurent (de Slimane de hace dos temporadas, sé que te gusta...) Estamos en el Casa Fuster. Podemos comer si quieres...
>
> *Kiss*!
>
> Sami

Contesto que sí, perfecto, nos vemos al mediodía y prefiero Sant Laurent, así haré un pleno de Slimane.

Mientras escribo, mi cabeza-radio se activa y suena *Je veux* de Zaz.

JE VEUX de Zaz

Donnez-moi une suite au Ritz, je n'en veux pas!
Des bijoux de chez Chanel, je n'en veux pas!

Donnez-moi une limousine, j'en ferais quoi?
Offrez-moi du personnel, j'en ferais quoi?
Un manoir à Neufchatel, ce n'est pas pour moi.
Offrez-moi la Tour Eiffel, j'en ferais quoi?

Je veux de l'amour, de la joie, de la bonne humeur
Ce n'est pas votre argent qui fera mon bonheur.

Ni Chanel, ni limusinas, dame felicidad y buen humor. ¿A quién quiero impresionar y para qué? Por otro lado, una necesita sentirse cómoda cuando tiene que ir a un evento, es una cuestión de confianza.

El trayecto hasta el hotel Casa Fuster es de unos veinte minutos en moto, un poco más y provoco un accidente. He protagonizado uno de esos momentos patéticos, marca de la casa, con un tipo en un Cayenne que estaba pendiente de mi falda, que se me ha escapado de entre las piernas y se me ha levantado hasta que el dobladillo me tocaba el cuello y he ido enseñando las bragas. Por suerte, he podido parar en el semáforo mientras pitaban al tío del Porsche. Han sido solo unos segundos, ¡qué vergüenza!

Llego al Casa Fuster ya un poco recompuesta y aparco. Ya he estado alguna vez en el Jazz Club y en el Café Vienés, con su sinuoso sofá rojo. Parte del bar de la recepción está tomado por la producción de moda, con focos, rebotes de luz y plafones de porex. Me acerco y saludo a Miguel Rosa, maquillador con el que solía trabajar.

—¡Johanna! ¿Qué ven mis ojos? ¡Estás estupenda!

—Hola, Miguelón, veo que conservas todo el pelo.

—Sí, hija, es que me cuido, ya sabes, mucho sexo y mucha agua.

—Je, je, no cambiarás, todavía las engañas a todas haciéndote el gay.

—Bueno, solo a las guiris, por aquí ya me conocen y saben de qué pie cojeo.

—¿A quién tienes?

—A Karlie Moss, estoy flipando, y es supermaja.

—¿Puedo ver?

Miguel me acompaña al set, saludo a Txema, el fotógrafo, con un gesto de cabeza y veo también a Sami. Ahí está Karlie.

Es realmente espectacular, se está cambiando y poniéndose unos jeans, unas zapatillas y una camiseta roída, tiene una sonrisa franca y parece sencilla. Samanta se acerca, es pequeña, feúcha, soltera y tiene mucho carácter.

—Johanna, ¿qué tal?

—Sami, gracias, qué suerte que estés por aquí.

—Paso la mitad de la semana aquí y la otra en Madrid, ¿Y Bruno?

—Bien, está en la escuela.

—¿Y cómo os va?

—Muy bien, bueno, ya sabes, como siempre.

—Sí. Qué asco dais, hija, os empeñáis en ser la excepción, siempre pegaditos...

—Oye, ¿qué tienes para mí?

—Lo tengo todo montado en una habitación del hotel. Voy a despedirme de Karlie y de Txema y regreso a por ti.

Mientras la espero echo un vistazo a las polaroids de prueba que han quedado sobre el tocador improvisado de Miguel. Sami vuelve y la sigo al ascensor.

—Bueno, no me vas a invitar a cenar y luego me lo vas a cancelar, como siempre.

—No, tía, no seas así, pásate cuando quieras por la escuela que Bruno te prepara algo.

—No, no, lo que quiero es que me invitéis, traer a alguien y presumir de conocer al misterioso bloguero de *Cooking is sexy*.

—Ya no es tan misterioso. Está haciendo un libro y se va a acabar el misterio.

—¡Seguro que le va bien!

Llegamos al segundo piso y entramos en una habitación donde están los descartes de ropa de la sesión de moda. Es más bien pequeña para ser un hotel de lujo, las paredes son azules con cortinas marrones y un gran cabezal forrado de tela adamascada en tonos crudos. Es muy masculina. Los vestidos, las chaquetas y las faldas para la sesión están todos tirados sobre la cama y, a los pies de esta, hay dos hileras de zapatos y botas.

—Echa un vistazo y pruébate lo que quieras.

—¡Vaale!

Desde el momento en el que he entrado he visto lo que me gustaba: un maxivestido con transparencia en color rojo china, de manga larga o más bien media manga como de los años cuarenta, pero con un inconfundible toque bohemio. Es largo hasta los pies, con un escote en V y un cinturón de la misma tela que marca y cae hacia abajo. Es impresionante, retro y bohemio.

—Me gusta este, pero me han sugerido corto y sobrio para una recepción de tarde noche, mi acompañante prefiere traje oscuro a esmoquin.

—Es un Saint Laurent. Déjate de chorradas, en una recepción de noche, que probablemente sea un cóctel, no hay problema con un vestido así. ¡Pruébatelo!

Me desnudo sin ningún pudor porque Sami me habrá visto así mil veces, pero me fijo en que está muy atenta y no se quiere perder detalle de cómo me haya podido cambiar el cuerpo en estos diez años.

—Cuando dices tu acompañante, ¿qué pasa, que no vas con Bruno?

—No, voy con un pesado de la embajada española, un tipejo de Cáceres. No me preguntes cómo me he metido en este lío, cosas de mi madre.

Miento porque no me apetece explicarle a alguien como Samanta la existencia de mi nuevo socio; seguro que querría conocerlo a toda costa. El vestido me queda perfecto.

—¡Estás muy bien! Yo también creo que es este. ¿Zapatos? Tengo unos Loubutin, aún tienes un cuarenta, ¿no?

—Uy, no, no, paso de ir de Matahari. Tengo unos Che Miara en casa, no muy altos, que le irán bien.

—Vale, Che Miara aquí va bien, tiene ese puntito retro y algo Mary Poppins…

—¿Tienes baguette?

—Sí, aquella que llevé a los Goya, ¿te acuerdas?

—No.

—Con forma de concha.

—¡Ah, sí! Perfecta, estarás de muerte. Igual ligas con algún suizo imponente y forrado.

—Sami, a mí ya me ha tocado la lotería con Bruno…

—¡Y que lo digas, hija! Ay, qué asquito que dais y qué aburrida eres.

—¿Qué me pongo debajo?

—¿Qué quieres decir?

—¿No ves la parte superior? Es toda transparente necesito algún tipo de *bustier* o algo…

—Ni de coña, Johanna. Si le pones algo, lo estropeas, no te lo dejo.

—Pero se me transparentan los pechos un poco demasiado.

—Solo insinúa. Tienes unas tetas perfectas y acabo de ver el resto; no tienes de qué preocuparte.

Me quito el vestido algo preocupada y repaso las demás prendas que veo por si acaso cambio de opinión.

—Toma, pon el vestido en esta bolsa y coge también la media capa de Hermès negra, no vas a ir a pelo, ¿no? Quiero decir, que en Suiza hará frío, ¿no?

—Es preciosa. ¿No necesitas todo esto?

—Ya casi tengo la temporada, estas dos opciones las tengo disparadas y no las puedo repetir.

—Vale, lo envío todo a la redacción el viernes que viene por mensajero. ¿O quieres que lo mande al *showroom*?

—A la redacción está bien. Quiero que Bruno me invite a cenar.

—¿Por qué no te vienes a la expo que hacemos en Artistik cuando vuelva de Suiza? Tendremos nada menos que a Archie Dunne. Habrá gente interesante.

—¿Archie Dunne? ¿El drogata *megacelebrity*?

—Más bien de capa caída, yo diría.

—Eso no me lo pierdo. ¿Y quién más irá?

—De momento no sé mucho, imagino que tendrá su repercusión.

—Mándamelo por correo electrónico. ¿No te quedas a comer?

—No, gracias, tengo que irme. Besito.

Nos abrazamos como si fuésemos grandes amigas, nada más lejos de la realidad; es el tipo de persona a la que me gusta tener controlada y a favor, mejor que en contra, aunque hace ya mucho tiempo que he dejado de juzgarla. Y, a decir verdad, no solo la echo de menos, sino que le tengo cariño.

Cuando llego a la escuela, Bruno está en su cocina, le hago señas para saber si puedo entrar.

—¿Dónde te metes? ¿Y esta faldita?

Se me acerca y mete las manos por debajo de la falda, me las pone sobre las nalgas, noto su erección justo sobre el monte de Venus. Bueno, se alegra de verme.

—Estaba con Sami, te manda recuerdos. Quizás venga a la exposición.

Bruno me coge de la mano, cierra el pestillo de la puerta y me lleva hacia la mesa de trabajo.

—Estarás muerta de hambre —me dice mientras me inclina hacia delante poniendo mis manos sobre el tablero y tirando de mis caderas hacia atrás mientras levanta mi faldita y acaricia mis nalgas. Me retira las bragas hacia un lado.

—Estoy muerta, ¿has preparado algo?

Sus dedos están ya dentro de mi vagina, no me muevo.

—Unos *wraps* de pollo.

Su voz se entrecorta. Se agacha y su cara queda a la altura de mi trasero, siento su aliento ahí. Ahh, Bruno, no puedo más haz algo, cómeme, por favor.

—Con un poquito de ensalada de canónigos.

Su nariz se acerca a mis bragas y las huele. Ahhh, esto me vuelve loca.

—¿Te apetece?

—Sííí. Me apetece, ahora.

Sigue jugando con la nariz y me voy a mover, porque no puedo más, pero no me deja. Me lame el clítoris solo un poquito, vuelve a tocarlo dando golpecitos con la nariz y otra vez con la lengua.

—Bruno.

—Dime.

—Métela, ahora, por favor.

—Mmmm.

—¡Ahora!

Más golpecitos con la nariz, ¡me va a dar algo! Me muerde el interior del muslo. ¡Ay! Y luego, con la lengua, recorre el interior de mi muslo izquierdo dando pequeños mordiscos de vez en cuando. Al llegar a la rodilla cambia de pierna y sube de nuevo por el interior del derecho hasta llegar a mi vagina, otra vez.

—Ahhh.

Está jugando a volverme loca y yo sigo expuesta con el culo al aire. Bruno apoya la nariz en el coxis y la dirige hacia mi ano. Oh, no, no, no, con eso no puedo.

—Bruno, ¡no!

Demasiado tarde, noto su lengua lamiendo alrededor, estoy casi mareada completamente mojada y lista.

Por fin se apiada y me la mete. Aahh, hasta el final y se para a saborear la plenitud de la primera acometida apoyándose sobre mi espalda. Con voz jadeante me dice:

—¡Niña traviesa!

Se retira un poco y, cogiéndome por los hombros, se prepara para embestir de nuevo.

—¡Aahhh!

Vuelve a pararse descansando su cuerpo sobre mi espalda y chupándome el lóbulo de la oreja mientras da pequeños mordiscos. Giro el cuello todo lo que puedo y le beso. Nuestras lenguas se entrelazan mientras Bruno coge uno de mis pezones y lo retuerce.

—Ahhh.

Necesito más; muevo la cadera, sé cómo tengo que hacerlo, y Bruno empieza a penetrarme a ritmo constante mientras yo hago movimientos circulares, una vez, otra, otra. Junto más las piernas y los músculos internos de mis muslos se tensan.

—Ohhh, ¡Dios! —dice Bruno, que ha sentido como todo se apretaba más sobre su miembro y ahora pone la mano plana sobre mi vagina y la masajea con movimientos lentos. Me está masturbando.

—¡Ahhh!

El placer combinado es muy intenso. Cambia el ritmo y solo mete la punta durante una, dos, tres embestidas. Hasta el fondo, ¡otra vez!

—AHHH.

Y, mientras, su mano sigue trabajando por delante.

Otra vez, AHHH, el placer es demasiado y mis músculos se tensan y sé que me voy a correr cuando Bruno aprieta con toda la mano el clítoris hacia abajo y oigo un gruñido sordo y jadeante tras la oreja. Bruno se corre.

—Ooaahh.

Y yo me dejo ir.

—Ahhhh.

¡Qué buenooo! Me apoyo mejor sobre la mesa totalmente relajada y dejo que Bruno recobre el aliento sobre mi espalda, estamos sudando. Me incorporo y me giro. Bruno me besa profundamente solo una vez.

—Estas falditas deberían estar prohibidas.

—Pues un poco más y provoco un accidente.

—No me extraña. ¿Te apetecen unas tortitas?

—Mucho. Voy a lavarme un poco y vuelvo.

—Hoy deberías ir tú a recoger a Maya al cole.

—Sí, mejor, aún no le he dicho que me voy mañana...

Saco del bolso unas toallitas desmaquilladoras, que siempre llevo y entro en el baño para asearme un poco, con la esperanza de que mis bragas no hayan quedado demasiado humedecidas.

El día pasa volando y por la tarde espero a Maya a la puerta del colegio, saludo con la mano a cada padre que me encuentro. No tengo ganas de hablar con nadie y, como me conocen desde hace varios años, creo que quizás lo perciben; hoy nadie se acerca a darme conversación.

Maya sale contenta con su sonrisa de siempre y me estampa un beso húmedo en la cara.

—Hola, mami, te he hecho un dibujo.

—¿Qué es?

Maya se ríe porque solo dibuja gatos, por lo que la pregunta sobra. Es un gato negro de ojos grandes dibujado a trazo gordo sobre blanco. Es simple, es perfecto. Saco del bolso su merienda y se la paso.

—Maya, eres la mejor dibujante de gatos del mundo.

—¡Gracias!

Hace una reverencia y me pasa su mochila. Se la cojo y empezamos a andar calle abajo. Lleva un vestido de algodón negro de manga larga y unas All Stars bajas también negras. Las trenzas que le hice por la mañana están deshechas, le quedan bien. Se mancha con el chocolate del bocadillo, es habitual verla con la cara manchada de Nutella o de mermelada, porque, aunque tiene nueve años, en algunas cosas aún es muy niña.

—¿Sabes que estaré fuera un par de días?

—Sí, me lo ha dicho papá. No te preocupes, estaremos bien.

—Vale, pero haz todos los deberes, ¿de acuerdo? No os vayáis a casa a jugar a la Play Station y eso.

—No, mami, prometido.

Llegamos a Artistik y Maya va directamente en busca del gato para jugar un rato. Bruno está en el huerto con sus tomates, parece revisar hoja por hoja, que no haya bichos. El huerto es un rectángulo no muy grande en una esquina del jardín. Ha conseguido que crezcan calabacines, tomates, acelgas y tiene unas espinacas que parece que van a tirar bien. Está muy orgulloso de poder comer lo que cultiva, y cuando alguna planta parece tener algún problema, la trasplanta a una maceta y se la lleva al pequeño invernadero para hacerle un tratamiento.

Está claro que Bruno es un privilegiado que se ha podido montar un pequeño universo a su medida y parece no necesitar nada más. Vive en la ciudad como si viviera en un pueblo, aunque, a decir verdad, nuestro barrio lo propicia; es bastante peatonal, la gente se conoce y se saluda en la calle, a nosotros más porque somos los de Artistik y es ya una escuela de arte muy conocida; pero, en general, Sarrià tiene mucho de pueblo.

Son las cinco y ya van llegando padres con sus hijos para las clases de la tarde, que duran hora y media. Tenemos niños desde los cuatro años a adolescentes, los separamos en tres grupos.

Alguna madre se acerca a Bruno para admirar su huerto y, probablemente, también a él. Bruno es muy de flirtear con todas las mujeres, les hace sentir especial el hecho de que un hombre se interese por sus vidas, les haga preguntas y se acuerde de detalles. En eso Bruno es un maestro, lo hace también con algunos padres, pero son las mujeres lo que se le da mejor. Es imposible estar celosa porque Bruno coquetea con mujeres de todo tipo, es afectuoso y atento incluso con las abuelas que le caen bien, incluso con ellas, es coqueto y las piropea.

Aviso a Maya para que venga conmigo al despacho. Mientras, abro su mochila y miro en su agenda para ver qué deberes tiene, o si hay algún examen que se deba estudiar con más antelación. No tiene mucha cosa, preparar una redacción y una comprensión de texto en inglés. Ahí llega, con su gato en brazos.

—Maya, ponte con la redacción que hoy nos vamos a casa más pronto.

—Vale. Pero, mami, ¿podré ver la tele?

—Si lo terminas todo, quizás un poquito después de ducharte.

—No huelo mal, ¡mira!

Levanta un brazo como para que le huela la axila y yo hago ver que lo hago.

—¡Uf! Maya, no sé cómo te soportan tus compañeros, y seguro que los pies te huelen a brócoli.

Gran insulto, Maya odia el brócoli.

—Vale, me ducho, pero hago bañera.

—Entonces no habrá tiempo para tele.

—Tú ganas, pesadita.

—Venga, siéntate en el despacho y trabaja. Luego vuelvo a por ti.

Cruzo el jardín hacia el otro edificio y le llevo a Lola la planificación del *catering* para la exposición. Nosotros no lo hemos encargado, solo tenemos que distribuir el espacio; no somos responsables de las bebidas ni de lo que sirvan de picar.

Lola no está en la recepción, así que le dejo la planificación sobre la mesa y encuentro la tarjeta de embarque para mi vuelo de Barcelona a Zúrich con Vueling. Me la llevo.

Echo un vistazo a las clases: cada niño trabaja en su proyecto; unos pintan, otro alumno corta madera con la sierra supervisado por Ana, una de las profesoras. En cada mesa hay unos ocho niños, todos absortos en sus tareas. En la recepción, varias abuelas hablan mientras esperan a sus nietos, otro abuelo lee el periódico, en el jardín hay más gente que espera.

Miércoles, 20 de octubre, 18.00 h

Con Vueling, en apenas dos horas y por sesenta euros, aterrizo en el aeropuerto de Zúrich; maravillas del mundo moderno. Se me hace extraño no tener billete de vuelta. Busco a Lindbergh entre la gente que espera los vuelos de llegada, pero lo que veo es un cartel con mi nombre y una chica rubia con uniforme.

—*Miss Mayer, Mr. Lindbergh couldn't make it, I'm Katy and I'll be your driver, may I take your bag?* [Srta. Mayer, el señor Lindbergh no ha podido venir, soy Katy y seré su chofer, ¿puedo llevarle la bolsa?].

—*No, thank you, I can do it.* [No gracias, puedo sola].

—*Do you need anything before we head for the hotel?* [¿Necesita algo antes de ir hacia el hotel?].

—*No, I'm fine.* [No, estoy bien].

Esta rubia me cae mal, tiene el mismo acento estadounidense que yo. Probablemente, fue *au pair* en Boston o algo parecido. El supereficientismo nórdico se echa de menos en España, pero acaba por ponerme de los nervios; me gusta la simpatía destartalada de los españoles.

La rubia me hace un gesto con la cabeza y la sigo como un corderito camino al matadero, en este caso, al aparcamiento, hasta una furgoneta con el emblema de Lindbergh Hotel Group que nos espera; es para unas ocho personas y cuando subo me siento extraña en tanto espacio.

—*Music?*

—*I've got mine, thanks!* [Tengo la mía, gracias].

Que equivale a déjame en paz, ¿no ves que estoy mirando mis correos en el iPad? Debo de estar nerviosa porque normalmente no soy tan borde ni de pensamiento ni de obra.

Nos dirigimos hacia el centro, a la calle Bahnohofstrase, que creo que es la calle comercial más famosa del centro de Zúrich. Pasamos por al lado del Limmat, el río. Zúrich es la típica ciudad de montaña, tiene encanto, aunque definitivamente no es mi tipo de ciudad. Recuerdo una visita que hice con mi padre y sin mi hermana a Pablo Berenguer. Nos llevó con toda su familia a las cataratas del Rin y subimos en unos barcos. Recuerdo haber pasado algo de miedo, ya que debía de tener unos siete años.

El hotel aún tiene el nombre anterior Die Delfine, es decir, los delfines. Es un edificio de siete plantas, se parece a todos los demás edificios del centro, aunque este tiene balcones con toldos rojos y geranios que le dan algo más de vida.

Katy, la conductora, aparca justo delante y sale del coche para abrirme la puerta, luego se dirige al maletero y coge mi Samsonite y me mira como diciendo, la llevo yo y si la tocas te muerdo.

—*After you!*

—*Thank you!*

Entramos en la recepción que es muy demodé, años setenta, con moqueta azul oscura con motivos dorados en forma de flor de lis. Todo el personal del hotel lleva el mismo uniforme mal cortado azul oscuro con el logotipo de Die Delfine; hay dos chicos y una chica, todos rubios. Me piden el pasaporte y me dan una tarjeta de esas automáticas para abrir la puerta.

Noto que se han puesto tensos. Lindbergh debe de estar cerca, así que, preparada para encontrarme con él, me giro con una sonrisa y... y de repente se me congela el alma.

Alexander avanza hacia mí con un traje gris marengo muy de invierno y una camisa azul oscuro, lleva gemelos y un pantalón de talle alto, con tirantes. ¡Tirantes! Me ponen mucho los tirantes.

—¡Hola! ¿Todo bien, tu vuelo?

Se me acerca mucho y me abraza, me da un solo beso en la mejilla izquierda y se me queda mirando con esa mirada, la del otro día. Soy incapaz de sostenérsela y balbuceo.

—Eh, ahh.

—¿Te gusta tu hotel?

—Ahá.

—*Needs* una renovación.

—Sí.

—He reservado en The Dolder Grand, se llama The Restaurant, el chef Heiko Nieder es...

Lo interrumpo.

—Preferiría no salir a cenar...

—*Oh, well, I was hoping to spend the evening with you.* [Bueno, yo, esperaba pasar la velada contigo]. ¿No estás bien?

—Sí, bien, pero he tenido un día muy largo...

—*Come on,* Johanna, me cuesta reservar en restaurante es difícil y *mí* interesar ver a Nieder.

—Bueno, yo, eh, no...

—*Ok, are you hungry?* [De acuerdo, ¿tienes hambre?].

—Comería cualquier cosa en mi habitación, un sándwich y me daría un baño...

—*I see.* Pide *room service.*

—Lo haré, gracias.

Se ha mosqueado. Bueno, pues lo siento, no tengo fuerzas para estar junto a él a solas, mirándome de ese modo en plan cena romántica. Paso, ahora mismo no soy capaz.

—¿Cuánto tiempo por la mañana para desayunar y estar *ready*?

—Mmm, ¿una hora?

Se dirige al recepcionista.

—*Wake up call at 6.30 a.m. Miss Mayer as well.* [Llamada para despertarnos a las 06.30 h, la señorita Mayer también].

—*Yes, sir.*

¡A las 6.30! Ahora mismo no sé si me está castigando o es que tenemos cita muy pronto.

—Notaría a las ocho de la mañana —dice, de repente, en modo ejecutivo agresivo. Seguramente estoy siendo maleducada y totalmente ilógica, o más bien estúpida, porque sería imposible que este hombre sintiera algún tipo de atracción por mí.

—Alexander, lo siento, podemos ir a cenar si quieres, me cambio en un momento.

—¡No!

—¡Vaale!

No me grites. Esto no me gusta

—It's ok. Mehor no forszar, let's just let it flow.

¡Bueno, bueno! ¿Cómo que dejemos que las cosas fluyan? ¿Forzar qué?, ¿qué pasa, ahora nos ponemos en plan zen?

Vamos a ver, Johanna, respira, estás histérica, este señor te pone nerviosa porque te atrae, ¡te gusta, joder!

Quiero a Bruno, me voy a dormir, me digo a mí misma mirándole a los ojos; estoy cabreada igual que tú y espero que se me note.

—¡Buenas noches!

—¡Buenas noches!

Se dirige hacia una puerta que quizás sea su despacho y desaparece de mi vista.

¡Vaya! Esto ha empezado muy mal y toda la culpa es mía, me estoy comportando como una cría. Tiro de mi

Samsonite y me dirijo al ascensor. Debería disculparme, pero algo en mi interior me dice que es mejor que no me encuentre a solas con la pantera negra de los ojos hipnóticos.

Mi habitación es enorme y muy demodé. Lindbergh tiene razón cuando dice que este sitio necesita una renovación. Tiene un cierto encanto señorial con su salón separado de la habitación, los techos altos con artesonado, pero la moqueta es deprimente y el mobiliario convencional; debe de haber miles de hoteles decorados así y con cuadros parecidos.

El cuarto de baño es otra cosa, ¡me encanta! Bañera antigua con pies, suelo ajedrez, grifería de las de antes, muy viejo, aunque con todo el encanto, y está impecable. Este cuarto de baño me ha cambiado el humor, me apetece un baño y hay sales y jabón de lavanda.

Mientras lleno la bañera con agua muy caliente llamo a recepción y pido la cena para dentro de una hora, un club sándwich con patatas fritas y una botella de vino blanco, solo tienen californiano, alemán o francés. Me decanto por un chardonnay de precio razonable, un Beringer Stone, seguro que está bueno y fresquito.

Deshago mi maleta y lo cuelgo todo, con más cuidado del habitual, ya que varias prendas no son mías.

Me desnudo, apago la luz del cuarto de baño, dejo la puerta abierta y me meto en la bañera. Ahhhh, ¡qué bien! Qué calentita. Me relajo por primera vez en el día de hoy e intento no pensar en nada, como lo haría cuando medito. Ahhhhh, ¡qué bien! El tenue olor a lavanda me encanta es muuuy relajante y me recuerda, me recuerda, a, ¡Lindbergh! ¡Mierda! Ahora huelo como él. Había pensado en tocarme un poquito para aliviarme la tensión sexual en la bañera, ahora ya no me apetece.

Salgo del agua con cuidado porque está a oscuras y tengo que encontrar la toalla y el interruptor. Soy consciente de que tengo propensión al accidente así que redoblo el cuidado y camino a cámara lenta. Es una suerte que nadie me vea porque realmente debo parecer idiota. Para cuando he encontrado el interruptor estoy desnuda chorreando agua encima de la moqueta y fuera del baño.

Corro a la cama y me meto dentro de las sábanas, desnuda, como solía hacer cuando era adolescente; nunca me secaba. Por suerte, hay calefacción y se está a gusto. Llaman a la puerta y estropean mi pequeña regresión. Ahora sí que necesito una toalla.

—¡Un momeeento!

Abro la puerta y el recepcionista entra un carrito con mi cena. Como estoy algo ridícula con la toalla le pido al chico que lo deje ahí mismo, que yo lo entraré y lo despido.

Llevo el carrito hasta la cama, pasando completamente de la mesa en donde se supone que debería cenar, y decido hacer un pícnic en la cama. Es una de las cosas favoritas de Maya, cenar con sus padres en la cama viendo una película. Enciendo la tele y me alegro de la manía que tienen los nórdicos de no traducir las películas.

Zapeo por los canales y me quedo con una peli que ya ha empezado pero que me encanta: *Mi Idaho privado,* de Gus Van Sant, con ni más ni menos que River Phoenix y Keanu Reeves. Caigo en la cuenta de que Phoenix debe de llevar ya casi veinte años muerto. Otra regresión a la adolescencia. Me pongo unas bragas y una camiseta, abro la botella de vino y empiezo a devorar mi cena, tengo muchísima hambre.

Viendo la película siento cierta nostalgia de tiempos pasados, de los enamoramientos, las mariposas en el estómago, del estar colgado por alguien. Es lo que me hace sentir mi socio yanqui. De poco sirve ahora, más bien estorba y me confunde. Intento apartar estos pensamientos, me sirvo otra copa, el vino está delicioso.

Ahora que puedo fijarme mejor, Lindbergh no se parece mucho a Keanu Reeves, solo en el tono de piel y el pelo negro. Alexander es más guapo, tiene los ojos de ese azul tan extraño. No pueden ser violeta porque eso no existe, aunque según le da la luz realmente lo parecen, y luego están sus labios, más carnosos.

Me sirvo más vino, con cuidado de no tirar la cubitera y, ¡vaya!, sin darme cuenta casi he terminado la botella. Hoy no tengo a nadie para regañarme y es una liberación. Me está entrando sueño justo cuando termina esta peli tan triste. Me pongo una almohada entre las rodillas y me duermo con un sueño pesado, algo etílico.

Oigo ruido, no quiero despertar, quiero dormir solo un poquito más. No voy a abrir los ojos, me parece oír un teléfono muy lejano, es un sueño. Esta cama es un gustito tan mullida. No, no pienso despertar. Pero es casi imposible porque el teléfono es muy insistente y lo oigo cada vez más cerca. Alguien llama a la puerta. Ahhg, dejadme en paz, estoy durmiendo. Llaman fuerte a la puerta, algo no va bien y oigo mi nombre; no es Bruno.

—¡Johanna! ¡Johanna!

Vale, se acabó, me despierto, qué narices pasa, ¿dónde estoy? Mmmm, en el hotel, vale, estoy despierta y me estoy levantando. ¿Qué es esto? ¡Hostia! ¡Ay, vaya golpe! Es la mesa camarera de la cena. Una luz, una luz cualquiera, la del baño me funciona. Me dirijo hacia la puerta y no he tropezado con nada más.

—Johanna

—Voy, voy, ¡ya llego!

Estoy a punto de abrir la puerta, pero con cuidado de esconderme detrás porque aún llevo camiseta y bragas. Abro sacando mucho la cabeza, con solo un ojo abierto.

—*Jesus Christ, are you OK? I was going to open with*

the master key! [Dios santo, ¿estás bien? ¡Ya iba a abrir con la llave maestra!].

Lindbergh entra con su traje impecable y cierra la puerta, y ahí estoy yo todavía con un solo ojo abierto, en bragas y camiseta. Estoy en un sueño o quizás estoy muerta y estoy en el infierno.

—*I've been banging at your door for ages. The phone has been ringing! What in the world its wrong with you?* [Llevo un buen rato aporreando tu puerta. ¡El teléfono ha estado sonando! ¿Qué es lo que pasa contigo?].

—Lo siento, tengo el sueño pesado —digo, porque no sé qué decir y estoy muerta de vergüenza.

—¿Pesado? ¡Ah! Ja, ja, ja. *I thouhgt you were dead!*

Este es el fin, tierra trágame, se está descojonando de mí.

—No estaba muerta. *It's not funny?*

—¿No? Ja, ja, ja.

—Bueno, vale, ¡déjalo ya! Bruno me despierta todas las mañanas, pone música y me hace cosquillas.

¿No es lo más lógico que he dicho nunca? Me dirijo a mi cuarto y Lindbergh me sigue, parece que hay algo que le hace mucha gracia.

—¿Cosquillas?

—*Tickles*

—¿*Quierres* cosquillas?

Me estoy poniendo furiosa. Mis brazos en jarras y mi cara de póquer deberían ser suficiente señal. Tú no puedes hacerme cosquillas, capullo engreído.

—¿Puedes salir de mi habitación para que me pueda cambiar?

—No.

—¿No?

Aún se está riendo.

—¿Hago cosquillas? *Just in case you're not awake.* [Solo por si no estás despierta...].

—Estoy despierta.

—¿No tienes *hangover*? [¿No tienes resaca?].

Coquetea cogiendo la botella de vino vacía. Tiro del cubrecama y me tapo, algo.

—No, no tengo resaca, gracias por preguntar. ¿Llegamos tarde?

—No, he llamado *to rearrange*, es decir, para reorganizar.

—Si me das veinte minutos estaré lista.

—*Good.* Pido desayuno. ¿Un Bloody Mary?

—Un Martini y un cruasán, gracias. ¡Ah! Y quizás un café o dos. Todas las habitaciones de hotel deberían tener una cafetera Nespresso.

Alexander se dirige hacia el salón y llama al servicio de habitaciones. De repente me da igual todo, ya no me da vergüenza tenerlo en la otra habitación. Miro en el armario y selecciono mi ropa con toda la calma y la coloco encima de la cama, me pongo solo la blusa.

—*Croisant and coffee coming up!*

—Bien.

Vuelve a entrar en mi habitación y se acerca a la cama, me escurro hacia el baño y lo vigilo desde allí. Se estira en mi cama con las manos detrás de la cabeza. Ay, ay, ay, ahora lo tengo en el catre...

—¿Dior Homme?

—Sí, Slimane.

Digo desde el baño.

—Lo conozco.

Salgo del baño tal cual estoy. No doy crédito a lo que oigo, me lo quedo mirando con el cepillo de dientes en la mano. ¿Desde cuándo esta intimidad?

—*I'ts a dear friend.* [Es un amigo apreciado]. ¿Tú ves su blog?

—Sigo el de fotografía, sí.

—*I'm there.* Me hace fotos...

Le ha hecho fotos Slimane; no me extraña, debe de pensar igual que yo que está rebueno. Suena el teléfono de la habitación. Es Bruno.

—¡Hola!

—¿Cómo va? ¿Has dormido bien?

Vaya, también lo sabe...

—Bien, ahora nos vamos. ¿Qué tal Maya?

—Muy bien, hemos hecho cosas solo de papi, ya sabes.

—Sí, claro. Playstation, pícnic en la cama...

—Bueno, y ¿qué tal con el yanqui?

—El yanqui es un idiota, francamente —digo mientras pongo una sonrisa monísima a Alexander y se ríe; está de un buen humor sorprendente.

—¿Por qué? Parece buena gente.

—No sé, ya veremos... ¿Te llamo mañana?

—Sí, besitos de Maya.

—Besitos.

Cuelgo el teléfono y me doy cuenta de que estoy a medio vestir, vuelvo a sentir algo de pudor.

—*I'm an idiot?* [¿Soy idiota?] —dice, levantando una ceja y riendo. Se oye la puerta.

—*Absolutly*! Si no, ¿qué haces aquí vigilándome...?

—Voy a por tu café.

Me quedo sola y aprovecho para acabar de vestirme. Me gusta cómo me queda este traje pantalón negro con blusa blanca y una lazada negra de satén exagerada entre las dos solapas también de satén. Decido no maquillarme casi nada, solo un poco de corrector de ojeras y algo de máscara, pero en vez de ponerme los zapatos masculinos me inclino por unos de tacón medio que he traído, mucho más femeninos; quedan bien, bastante *business like*...

—¡Enfría *coffee*!

—No, por favor, no lo enfríes; me gusta caliente —digo mientras salgo al saloncito y lo veo sonriendo con el periódico *Financial Times* y tomando café con varios cruasanes y zumo de naranja dispuestos sobre la mesa.

—Dior Homme *looks mehor* en ti que en mí.

—Permítame que lo dude.

—Estoy serio.

Estás como un queso, pienso, como un queso de untar...

—Bueno, gracias —respondo, porque me han enseñado que siempre hay que agradecer un cumplido.

—*Let's hurry* o tendré que llamar y cambiar *meeting*.

—¿Y mi Martini?

—¿Por qué tú crees yo idiota?

Y se me pone serio, joder no, no te agobies.

—Era una broma, lo siento. No nos conocemos tanto para estas confianzas, me disculpo.

—Tú eres mi doctor de *cabesa*, yo confiar —me dice mirándome a los ojos.

Lo que soy es tu esclava y si quieres te doy un masaje y te pongo una inyección. No, no puedo sostenerle la mirada mucho tiempo, es lo que hay. Con el café en la mano, me pongo de pie, entro en la habitación y cojo mi bolso y mi iPad.

—¿Cómo va tu cabeza?

—Muy bien *lately*...

—¿Nos vamos?

Se levanta y apura su café de pie, coge un cruasán y le muerde un cuerno mientras me mira de reojo. Joder que sexy que es el tío, y todavía me quedan unas treinta horas junto a él, babeando, ¡qué patético! Dudo que sobreviva.

En la notaría ha sido todo muy rápido. Alexander se ha quedado fuera, y me han hecho entrar en una salita pequeña de las muchas que tienen. El notario se ha limitado a verificar mi documento de identidad, mi pasaporte y el certificado de defunción de mi padrino, documento del que ya se había encargado algún bufete de abogados de

Alexander. Después me ha leído el testamento en un inglés justito con fuerte acento alemán.

Ha sido muy extraño y muy triste. El notario ha nombrado a varias personas: Andreas Berenguer y Clara Berenguer, los hijos de Pablo, que deberían haber estado ahí leyendo el testamento en mi lugar. Un documento anexo incluye una repartición de bienes que ya no procede y no se me nombra hasta la última frase:

«En caso de que ningún miembro de mi familia viva en el momento de mi muerte, nombro a Johanna Mayer, residente en Barcelona (España), con documento de identidad bla, bla, bla, mi heredera universal».

Luego me ha entregado un testamento en alemán y uno donde dice «es copia fiel traducida» en inglés. Me dice que ahora debo hacer inventario de la herencia y aceptarla. Guardo los dos testamentos en el bolso y salgo de la salita con la certeza de que Pablo sabía que algo malo podía pasarle a su familia.

Alexander me está esperando en la recepción. Salimos de la notaría y caminamos en silencio calle abajo, ya que nuestra próxima cita está cerca.

—Conozco mucho a Tom de Swaan, jefe de Zurich Insurance. Lo vemos y *hablar* yo también.

—Claro.

—Él no lleva asunto, solo *ver mí* por cortesía, porque le pido.

—Entiendo.

—¿Estás bien?

—No. Todo esto es muy extraño.

—*I know.*

—¿Podemos ir al cementerio después? Ni siquiera pude asistir a su funeral...

—*Of course.*

Llegamos al inmenso edificio de la compañía, subimos en el ascensor mientras Alexander habla por teléfono. Yo pienso en lo que daría para que Bruno estuviera en todo esto conmigo, porque me siento vulnerable y triste.

Un hombre de unos setenta años, bronceado, elegante y con todo el pelo blanco, nos recibe en su despacho de proporciones Gugghenheim. A Alexander la da un efusivo abrazo y a mí me estrecha la mano.

—¡Tom!

—*Alexander! Miss Mayer, I'm deeply sorry about your loss. I met Mr. Berenguer and your father as well.* [Señorita Mayer, siento mucho su perdida, conocí al señor Berenguer y a su padre también].

—*Mr. De Swaan, had no idea, nice to meet you.* [Señor Swaan, no tenía ni idea, encantada de conocerle].

Nunca hubiera pensado que el jefe máximo de Zurich Insurance conociese a mi padre y a Pablo. Me cuenta un episodio de golf en Marbella con muchas risas; mi padre podía ser encantador si se lo proponía.

Alexander y el señor De Swaan hablan de un tal Pierre Wauthier, el director financiero, otro jefazo de la empresa que acaba de suicidarse este verano y ha dejado una nota en donde culpaba a otro directivo y a la empresa de la presión a la que se veía sometido. Por lo que dice, creo que ha sido un escándalo y han rodado cabezas. Parece bastante incómodo con el tema.

Tom de Swaan saca la póliza de Pablo y, como yo, cree absolutamente ilógico, conociéndole, que hace tan solo tres meses añadiera una cláusula muy parecida a la del testamento para incluirme a mí en caso de defunción del resto de su familia. Es más, está convencido por la experiencia de su cargo de que Berenguer había sido amenazado. Me explica que ha contactado con la policía, pero que tras las autopsias no han considerado conveniente investigar más el caso y no se puede hacer nada.

Soy beneficiaria de una póliza de un millón y medio de euros, así, ¡tal cual!

Me tiemblan las piernas, por suerte estoy sentada y las tengo cruzadas. Lindbergh ha estado esperando mi reacción al oír la cantidad de la póliza, que probablemente él ya sabía. Sin embargo, mi reacción ha sido nula, sé que me alegraré de todo esto en algún momento y que incluso daré saltos como en esas imágenes de la tele cuando a alguien le toca la lotería. Pero de momento se impone una sensación de irrealidad y de culpa. No sé exactamente de qué soy culpable, pero me siento así.

Me despido del señor De Swaan agradeciendo su amabilidad, pero necesito respirar y me escurro por la puerta del despacho dejando poco tiempo a Alexander para despedirse y precipitándole a aclarar los últimos detalles en la puerta.

—*Miss Mayer's lawyers will contact you as soon as possible.* [Los abogados de la señorita Mayer te contactarán lo antes posible].

—*Yes, I will give the case to Smith-Larson.* [Sí, le daré el caso a Smith-Larson].

—*That will be great, thanks for your time, Tom. I'm looking forward to seeing you in our resort on Christmas.* [Eso sería genial, gracias por tu tiempo, Tom. Espero verte en nuestro resort en Navidad].

—*I'll see you then.* [Allí nos veremos].

Con la puerta abierta puedo oír como quedan en solucionar mi asunto a través de un bufete de abogados de Lindbergh y, además, parece ser que se volverán a ver en Navidad en algún hotel, probablemente también de Lindbergh. Supongo que esto es realmente lo que llaman altas esferas.

Subimos al ascensor y a él le suena el teléfono. ¡Cómo me alegro de no ser esclava de la rata electrónica! Mientras Alexander habla, aprovecho para fijarme mejor en sus zapatos, *oxford*, de dos tonos, más que bicolor son de cuero y franela de cuadros muy oscuros. Deben de ser de lo más moderno dentro del mundo del traje de ejecutivo.

Su pantalón, de franela gris oscuro, no es de talle estrecho como todos los que le he visto. Hoy lleva un pantalón recto con pinzas y el botón a un lado, solo lo puedo ver porque está apoyado en la pared del ascensor y, al tener un brazo levantado sujetando el iPhone en el oído, se le ha subido el jersey fino que lleva encima de la camisa. Quizás sea un poco friolero, pero el conjunto le da un aire universitario.

Puedo oler el tenue olor a lavanda con más intensidad en esta posición; olemos igual. Creo que él también me está observando, pero yo lo ignoro y sigo mi ruta en ascenso por su cuerpo y su indumentaria.

Una camisa azul claro de la gama más oscura asoma por el cuello del jersey con una corbata clásica que probablemente sea de su padre. Por cierto, Alexander tiene un cuello largo que invita al mordisco. Solo un hombre con muy buen cuerpo puede llevar traje con jersey; si tienes un gramo de grasa en el abdomen, ¡olvídate! Hemos llegado a la planta baja, levanto la mirada y… se me congela el alma.

Sus ojos de color imposible buscan respuestas en los míos. Ha colgado y me está mirando con una sonrisa, yo diría que algo lasciva; me parece que se ha dado cuenta de que le he estado dando un buen repaso.

—*After you* —me dice, y salimos del edificio.

La furgoneta del hotel nos está esperando a la salida del edificio. La conductora nos abre la puerta corredera y nos sentamos. Arrancamos en silencio, sin mirarnos ni una sola vez. Vamos en dirección al zoológico porque cada dos o tres calles veo la señal de indicación. Alexander ha sacado su iPad y revisa su correo electrónico.

—*Someone wants to meet you.* [Alguien quiere verte].

—*Who?* [¿Quién?].

Apenas me sale la voz.

—*A close friend of Mr. Berenguer and his son.* [Un amigo íntimo del señor Berenguer y su hijo].

—¿Por qué quiere conocerme?

—Dice que tiene algo para ti y tú heredar sus cuadros de él.

—¿Los cuadros de quién?

—De Jurgen.

—¿Quién es Jurgen?

—*Try to focus, Johanna, please.* [Trata de concentrarte, Johanna, por favor] —me dice exasperado.

—Estoy concentrada, ¡te explicas mal!

Grito, y no debería, porque este hombre ya está teniendo bastante paciencia conmigo. Por otro lado, su ayuda no es exactamente altruista.

Hemos llegado, aunque no sé a dónde. Bajamos de la furgoneta y estamos frente a un muro con una placa que indica «Friedhof Fluntern». Tras él hay un jardín enorme y lo que parece una casa privada.

Es el cementerio. Es precioso, a los pies de la montaña, con árboles por todas partes, tan verde y tan apacible. Espero fuera a Alexander que entra en el pequeño edificio a pedir información. Este cementerio no se parece en nada al de Barcelona, donde mi abuela decía tener un apartamento con vistas al mar. Este es como un jardín.

—*Next to James Joyce.*

—Vaya, ¿está enterrado aquí?

Alexander me enseña el pequeño mapa que indica hacia dónde debemos dirigirnos. Efectivamente, pone Joyce, y nos adentramos en el cementerio. Por primera vez en todo el día, soy consciente de la temperatura fresquita, del precioso cielo completamente despejado y disfruto del entorno. Vemos lápidas antiguas y ángeles espectaculares con las alas desplegadas y otras estatuas hermosas que nos paramos a apreciar. Todo está muy cuidado, no es mal sitio para el descanso eterno.

Al final de uno de los caminitos vemos la estatua en bronce de un señor con gafas sentado con una pierna cruzada sobre la otra, fumando un cigarro con un libro en la mano y un bastón apoyado sobre la pierna. James Joyce. Me acerco y le toco la cabeza.

—*The Berenguer family must be around here.* [La familia Berenguer debe de estar por aquí].

Seguimos por un camino y vemos decenas de lápidas, casi todas pequeñas, de piedra o de mármol, puestas de pie y con un pequeño jardincito privado delante para cada una. El camino se bifurca en varios senderos y, al fondo, entre dos abetos, hay un enorme arce azucarero que ya se ha puesto ocre y una gran lápida, como un pequeño muro, de aspecto nuevo. Todavía tiene las guirnaldas de flores que indican un entierro reciente. De repente, tengo la certeza de que ese es el lugar.

—¡Creo que es aquella!

—Vamos.

Nada en el mundo te prepara para algo así. Una foto enmarcada con cristal de grandes dimensiones y en color muestra a los nueve miembros de la familia, con Pablo y Liz en el centro. Están todos, incluidos los bebés, todos sonrientes. Es una de esas instantáneas que se toman en una salida familiar donde todo el mundo parece feliz.

No estaba preparada para este momento. He agarrado a Lindbergh de la manga de la chaqueta de la impresión. Las lágrimas me recorren las mejillas y no puedo parar de llorar.

Me estoy mareando y estoy en sus brazos. Me abraza y pone sus labios sobre mi mejilla, mientras yo derramo lágrimas. Él las sorbe y no dice nada. Creo que estoy conmocionada, sigo con los ojos apretados llorando. Su abrazo me calma, pero prefiero no abrir los ojos y los mantengo cerrados.

—Johanna.

Su voz resuena en mi interior, abro los ojos y me pierdo en los suyos y, no lo puedo evitar, me hipnotizan de tal forma que no pienso en nada, estoy vacía. Entonces me besa y no hay nada que yo pueda hacer excepto corresponderle.

Nuestras lenguas se entrelazan y sus brazos se cierran más en torno a mí. Me acerca a él empujando su cadera y apretándome el trasero, me devora la boca como si le fuera la vida. Ya no lloro, apenas puedo respirar. Creo que lo nota porque me da un segundo mientras me chupa el labio, en un intento de no interrumpir el beso, para volver a invadir mi boca, cada rincón, como si fuera un ciego que quiere adivinar su forma. De repente, mi libido explota llevándome a otro universo y trayéndome una nueva definición de un simple beso, porque pierdo la noción de mí misma y mis interiores están completamente licuados. Me estoy deshaciendo, las piernas no me aguantan, me desnudaría aquí mismo, me arrancaría la ropa, pero entonces noto su erección contra mi pubis y me aparto.

—*Guuaaau, babe* —dice recobrando el resuello, y es como si me despertara de un sueño.

Debo de haber puesto cara de horror porque está ofendido recolocándose el flequillo a un lado, ya que se ha despeinado.

—Siempre quería besarte. *You have two molars missing, I could feel your gums.*

No, no puede haber dicho eso.

—¿Disculpa? —le pregunto, porque quizá no lo haya entendido bien.

—Digo que faltan *molars. What's the word?*

—Muelas, ¿que me faltan muelas? ¿Es eso lo que dices a las tías después de besarlas?

Bueno, pues sí, esta debe de ser la famosa frase típica que oye una chica después del primer beso apasionado: «Oye, ¿y tus muelas?».

—Tengo que hablar con Bruno, no puedes ir sin muelas. *It's not right.*

—¿Por qué no? Coge el teléfono y dile: «Oye Bruno, estaba besando a tu mujer y me he dicho, chico, esto no puede ser…».

—*Enough!*

Me interrumpe.

—*I'll wait in the car!* [Te espero en el coche] —me suelta. Y se da la vuelta y se marcha.

Y ahí me quedo llorando y moqueando como una tonta en un cementerio en el norte de Europa. Se ha enfadado. Ya, pues yo aún intento aterrizar. ¡Vaya beso de vértigo! Buaaah.

Mientras se aleja suena Billie Holliday y pienso que definitivamente se me ha ido la pinza, porque esta vez la banda sonora no está solo en mi cabeza, sino que juraría que se oye en el cementerio entero. Pero entonces Lindbergh se para y contesta el teléfono y recuerdo que es la sintonía de su móvil.

Se acerca de nuevo a mí y me pasa el teléfono.

—*It's Bruno, he has your sister Gina…*

—¿Bruno?

—¿Qué te pasa, Peque? Pareces alterada, ¿has llorado?

—Sí, estoy en el cementerio, ha sido muy, eh, intenso.

—Me imagino. ¡Oye! Tengo aquí a Gina. Te la paso.

Mientras hablo caminamos hacia la salida del cementerio, Alexander va a mi lado escuchando sin disimular.

—¿Jou?

—¡Gina! Hola, hermanitaaa.

—Jou, quizá debería haber ido contigo, ¿no?

—Pues sí, ha sido horrible, Gina. Todos esos críos, no es justo, ¿entiendes?…

—Eh, no es culpa tuya, te conozco, te sientes culpable y tú no tienes nada que ver. Hoy he estado pensando en Pablo… Me he acordado de cuando hacía el truco de hacer ver que se cortaba el dedo y se separaba el pulgar, ¿te acuerdas?

—Je, je, claro. Siempre hacía ver que se le caía al suelo, y yo era la que buscaba su dedo por la alfombra durante un buen rato mientras vosotros os reíais de mí.

—Bueno, Jou, eras más pequeña y más boba... Oye ¿qué tal con el yanqui? Me ha dicho Bruno que es guapo, muy sexy y que tiene los ojos de azul Photoshop.

—Photoshop, ¡eh! Sí, bueno, el americano es... es idiota, francamente.

Mientras digo esto, lo miro con cara impertérrita y él se ríe. Llegamos a la furgoneta.

—Todos lo son, cariño, tan naíf, tan simples; pero me encantan, ya sabes que los norteamericanos son mi debilidad.

—No te preocupes, Georgina Mayer, que te lo presento cuando vuelva.

—Vale, nos vemos en la exposición. Por cierto, quiero llevarme a Maya un fin de semana.

—¿Qué dice Bruno?

—Que cuando quiera...

—Pues eso.

—¡Llama a mamá! Jou, no la llamas nunca.

—Sí, vale, pesadita. Besos.

—*Ciao*.

Hemos arrancado. De nuevo no tengo ni idea de a dónde nos dirigimos. Le devuelvo el móvil a Lindbergh y guardo silencio. Él me ignora. Saco una toallita desmaquilladora del bolso y me limpio toda la cara; me la restriego hasta no dejar ni rastro de máscara ni del corrector.

Me miro en el espejo del estuche de sombra de ojos y mi cara es un poema: ojos inyectados, rojeces por todas partes, incluso debajo de la nariz, es como si tuviera la gripe. Bueno, seguro que no vuelve a besarme con este careto.

Ha sido un beso a traición. No sé qué mosca me ha picado para haber correspondido. Como beso no ha estado mal, besa bien, más que bien, pero no tiene ninguna importancia y me alegro de que Bruno haya llamado justo después porque me ha devuelto a la realidad. ¡Ha sido una estupidez! En solo unas horas más estaré en casa sana y salva, le firmaré los papeles al tipo este y no volveré a verlo más. Respiro profundamente y con aire renovado pregunto mirando por la ventana.

—*Where are we now?* [¿Dónde estamos?].

—Pelikanstrasse, 8, James Joyce.

—No entiendo nada.

—Estamos en The James Joyce. Nosotros quedar con Jurgen.

—¿Jurgen?

Mejor no pregunto nada más porque se está cabreando y la furgoneta se ha parado.

—*Who's the idiot now?*

—Oye, tío, ¿me estás llamando idiota?

Aunque la verdad es que tiene razón, estoy que no doy pie con bola. Alexander niega con la cabeza sonriendo y se baja del vehículo. Creo que lo estoy poniendo de los nervios, me conozco, y sé que soy muy capaz… Bajo también de la furgoneta y le sigo como un perrito faldero hasta entender que se dirige a un pub irlandés llamado James Joyce. La fachada del bar es auténticamente irlandesa. Recompongo mi maltrecha dignidad, me pongo recta, toda estupenda y entro en el local mientras él me aguanta la puerta.

¡Hala!, este sitio es como estar en una película de Sherlock Holmes: madera de caoba combinada con cuero verde británico, todo decorado en *art nouveau* del siglo XIX, el bar, las vitrinas, los cuadros irlandeses, la cerámica de las paredes, los espejos antiguos. Es un pub auténtico, la luz que se filtra por las vidrieras de colores te atrapa en una atmósfera como cinematográfica y, a juzgar por el olor y por los suelos, debe de ser realmente antiguo.

Bueno, muy muy bonito, superespecial y eso, pero yo me voy al baño porque estoy hecha unos zorros. Le hago señas a Alexander y desaparezco.

El lavabo parece tan antiguo como el resto, me acerco al espejo y compruebo el estado de la situación. No es tan grave, probablemente esta luz tenue está siendo benevolente, pero ahora mismo me viene muy bien.

Con un poco de corrector, menos máscara que esta mañana y, eso sí, unas gotas de colirio que hagan desaparecer las venitas rojas y restauren mis ojos verdes, seguramente mi mejor atributo, vuelvo a ser yo misma.

¡A quién quiero engañar! Nunca pensé que me podría sentir atraída por otra persona hasta este punto. No puedo creerlo, si lo racionalizo rápidamente llego a la conclusión de que no quiero nada más que lo que tengo ya, y que quiero envejecer junto a Bruno. Pero es que cuando estoy con el americano a ratos se me olvida todo por completo.

Cuando llego a la mesa, Lindbergh tiene una botella de vino tinto con dos copas servidas y parece relajado.

—¿Hambre?

—Sí, me comería un camello.

—Creo que solo tener *hamburger*, ¿quieres compartir?

—Con patatas.

—*OK!* ¿Gusta sitio? *The wine cellar it's excellent.*

—Es genial, parece antiguo de verdad.

—Lo es, traído de entero del Antique Bar, del Juri's Hotel *in* Dublín, *the hole thing shipped to Zurich.*

—Increíble. ¿Lo conocías?

—*Yes, I've done several wine tasting here.* [Sí, he venido a un par de catas de vino].

—Ya veo.

—*Me disculpar* por cementerio —dice todo preocupado.

No, por el cementerio no te disculpes, discúlpate por el misil tomahawk tierra-aire que me has clavado en forma de morreo...

—Está olvidado —respondo toda soberbia.

—¿Olvidado?

¡Vaya, ahora le pica la curiosidad! No entiendo qué habrá visto Mr. Wonderful en mí; podría salir con modelos, actrices... Bueno, seguramente es lo que hace. Quizá sea uno de esos depredadores que no pueden parar hasta conseguir su presa, o uno de esos tipos malcriados que solo quieren lo que no pueden tener sin importar las consecuencias.

—Yo no olvidar.

—¡Johanna Mayer, chiquilla! —me dice un tío como un armario en andaluz con acento alemán. Tiene pinta de legionario rubio con una cicatriz en la cara. Le ha dado la mano a Lindbergh.

—¿Te conozco?

—Dame un beso. ¿No me conoces, chiquilla? ¡Mira qué reguapa que estás!

—Perdona, no te recuerdo.

—¿No te acuerdas de Jurgen, el de los bichos con Andreas en Chiclana?

—¡Jurgen! Joder, ¿qué tal?

Me levanto y me abrazo al armario rubio y recuerdo, como si fuera ayer, a Jurgen, un niño suizo enclenque en Chiclana poniendo petardos en la boca de las lagartijas y haciéndolas estallar. Era un guarro.

Estuvimos dos veranos seguidos en su casa en la playa de la Barrosa con Pablo, su familia y la mía, durante quince días. Jurgen no tenía madre y su padre era íntimo de Pablo. Debíamos de tener unos nueve o diez años y éramos unos cinco niños de edad parecida metiéndonos en líos continuamente, pescando y disfrutando de la libertad del verano.

—Jou, tan rebonita como siempre.

—Bueno, gracias, tú sí que has cambiado mucho. Oye, siento mucho lo de Pablo y lo de Andreas. Bueno, todo es tan alucinante, no sé qué decir, vengo del cementerio descompuesta de ver todos esos críos y ¡Liz! Sé que lo querías mucho.

—Sí, lo quería, ¡más que a mi padre! Y a Andreas también.

—¿Por qué a mí, Jurgi? ¿Por qué me lo dejó todo?

—No me llames Jurgi que me sacas los colores. No lo sé, Jou, pero creo que no estaba tranquilo.

—¿Te dijo algo?

—Guardaba un secreto *mu* gordo Johanna, y no estaba tranquilo. A mí el accidente me huele mal, pero la policía conmigo no quiere saber *ná,* no me he *portao* bien. Me dejó esto, ahora sé que es *pa* ti.

Me da un sobre pequeño de esos acolchados marrones, Alexander me insta a abrirlo con un gesto. Hay una llave y una nota que dice:

El vehículo a la verdad es la llave.

Joder, ¡Pablo! Ahora te me pones metafísico.

—*I think it's from a safe deposit box.*

—¿Una caja fuerte?

—No de casa, de banco, pero falta código.

—Jurgen, ¿no te dio nada más?

—No, preciosa, ni siquiera me dijo que era *pa* ti.

—Y, entonces, ¿cómo sabes que es para mí? ¿Qué te dijo?

—Me dijo que si le pasaba algo yo sabría a quién dárselo. ¡Coño, Johana, está *mu* claro!

—Otra vez esa inminencia de catástrofe que me encuentro por todas partes, pero ¿quién querría hacerle daño a Pablo?

—¡Fantasmas del *pasao*! Igual tiene que ver con los Wolfs.

Jurgen ha pronunciado *wolfs* en perfecto alemán, pero parece incómodo y con pocas ganas de rebuscar en el pasado. Hace una señal al camarero, que lo conoce, y le trae una jarra enorme de cerveza, también llega nuestra hamburguesa a medias.

—¿Los Wolfs?

—Mira, Johanna, eso fue hace mucho tiempo, pero el *pasao* siempre vuelve. Yo no estoy tranquilo, hicimos cosas que están mal, éramos mala gente.

—¿Tú y Pablo?

—No, Andreas y yo andábamos *metíos* en líos de extrema derecha y drogas. Mejor no hablemos de eso. Tienes que ver los cuadros que has *heredao*. Los tengo yo. ¿Vamos al estudio a verlos?

Miro a Lindbergh, porque no sé cómo vamos de tiempo, y este asiente mientras devora su hamburguesa. Yo me pongo con la mía.

—¡Está muy buena!

—Una de las mejores de Zúrich, chiquilla.

—¿Sabes que tengo una escuela de arte? Bueno, yo y mi marido, pareja, eh, novio.

—Chiquilla, ¿cuántos tienes?

—Uno, el padre de mi hija.

—Pablo me habló de la escuela y sé que funciona como galería... Tenemos que hablar de negocios.

—Pues igual sí.

—¿Los cuadros están en el inventario? *On the will?*

—Sí, el testamento menciona los cuadros de Jurgen.

—*We need a valuation.* [Necesitamos una valoración].

—Tenemos tasaciones de varios, no es problema.

—*That's good* —responde Lindbergh levantándose ya

para pagar la cuenta mientras yo hago lo que puedo para comer todo lo posible sin parecer una puerca.

Salimos del pub y cojo del brazo a Jurgen mientras caminamos calle abajo, porque aún no puedo creer que, excepto él, mi hermana Gina, mi madre y yo, el resto de los que veraneamos en aquella casa a principios de los ochenta estén dos metros bajo tierra.

Lindbergh camina junto a nosotros respondiendo a una llamada. De reojo, lo observo: da pasos largos, tiene una forma de caminar felina, es elástico como un bailarín. Jurgen, sin embargo, podría ser un obrero de la construcción tanto por su aspecto como por su atuendo; va sucio, con las botas de trabajo y los tejanos llenos de manchas de pintura. El único rasgo que podría delatar su sensibilidad son sus manos pequeñas y delicadas.

El estudio de Jurgen son los bajos de una casa con jardín. Tiene un gran salón diáfano que no parece óptimo, porque no tiene los techos demasiado altos y debe de ser incómodo para colocar cuadros de gran formato. Veo partes de una serie en blanco y negro que me recuerda a Bansky, son botas tipo Dr. Martens, pero si te acercas están hechas de pequeñas esvásticas. Se me ponen los pelos de punta.

—Estos no son los tuyos, Jou, esto es un encargo. Ven, los tuyos están abajo en el almacén.

Le sonrío, porque debe de haber captado mi rechazo, y no puedo esperar a ver cómo son los míos. Bajamos por una escalera al sótano de la casa y Jurgen nos indica que nos sentemos en un viejo sofá lleno de polvo mientras se dirige hacia lo que parecen unos lienzos colocados debajo de una lona. Alexander y yo nos sentamos cada uno en un brazo del sillón con precaución de no llenarnos de polvo.

Levanta la lona y el primer cuadro es una mujer de perfil. Parece inacabado, a medio camino entre una ilustración y un óleo, la mujer del cuadro tiene rasgos delicados y lleva un enorme moño pelirrojo, alrededor del cual revolotean unas mariposas. ¡Me encanta!

—¡Es precioso, Jurgen!

—¿Y este, a quién te recuerda?

Sus dedos buscan entre los lienzos hasta dar con el que le interesa. Lo pone delante de los demás y es una mujer de pelo pajizo, muy pálida, con ojos verdes demasiado grandes, casi desproporcionados, y una boquita de piñón, es un poco estrafalario; tiene un toque friki, pero también me gusta.

—*It's you, obviously!*

—Alexander, esa no soy yo.

—Sí, chiquilla, así te recordaba. ¿Te gusta?

—Me flipa.

—A mí también, casi siempre pinto mujeres…

—*Maybe* yo encargo cuadro.

—Claro, capitán, cuando quieras.

—*We should be going now.*

—De acuerdo, déjame echar un vistazo rápido —digo, apoyando los lienzos uno sobre otro hasta haberlos visto todos. Mientras tanto, me doy cuenta de que Lindbergh envía un mensaje con el móvil

—Jurgen, ¿tú tener *photografs* de cuadros?

—Sí, claro, te los envío por correo electrónico…

—Sí, pero yo te traigo abogado *anyway*.

—Tú me traes lo que quieras, no hay problema, capitán. Bueno, chiquilla, ven aquí y dame un beso con lengua.

Yo me río mientras me acerco para abrazar a Jurgen, pero está claro que a Alexander no le ha hecho la menor gracia porque se nos acerca y, literalmente, me arranca de sus brazos. Se ha puesto posesivo y resulta de lo más extraño, rozando el ridículo.

—*Let's go, Johanna.*

—Jurgi, prométeme que me llamas y te vienes a Barcelona. A Gina le hará mucha ilusión verte.

—Pues mira que te digo que me vendría bien un cambio de aires.

Alexander tira de mí y subimos las escaleras.

De nuevo en la furgoneta me acurruco en mi sillón y me doy cuenta de lo cansada que estoy. Ahora mismo se me antoja este día como uno de los más largos que recuerdo y eso que aún falta la mitad. Lindbergh repasa su móvil, volvemos a estar cerca del río y la tarde es tan soleada como la mañana, pero al salir de la casa de Jurgen me ha parecido que hacía más frío. Cierro los ojos solo un momentito para relajarme.

—Johanna, *we're here.*

—Ohh.

—Te has dormido.

—No, no, solo he cerrado los ojos un momento.

No sé muy bien lo qué es tan divertido, aunque no es un efecto desconocido para mí. Suelo hacerles gracia a los hombres, se ríen, y no soy la típica simpática dicharachera, no. Simplemente, se ríen de cómo soy, de cómo hago las cosas o cómo las digo. Al principio me ofendía, después entendí que es algo bueno porque significa que les gusto.

—¿Hemos vuelto al hotel?

—Sí, tenemos que vestir y tú puedes descansar. Pero no dormir *or I'll use my master key* y entrar en tu habitación.

—¿Por qué tienes una llave maestra?

—Porque hotel mío.

—Y mío, te recuerdo.

—*You're right.* ¿Cuánto tiempo necesitas? ¿Dos horas?

—Nooo. Una hora como mucho.

—OK! *I see you in the bar at 7 p.m?* [¿Te veo en el bar a las siete de la tarde?]

—*Don't be late!* —le suelto a Don Perfecto.

Esta vez sí que es un chiste porque no me lo imagino llegando tarde. Es tan eficiente, tan metódico… Un par de horas para cambiarse y relajarse sí que es un premio inesperado. Creo que haré un poco de meditación y unos pranayama, aunque para los ejercicios de respiración es mucho mejor no haber comido nada. De todos modos, tampoco se puede decir que haya comido mucho.

Unas horas después he meditado, me he duchado, me he preparado un *gin-tonic* y me estoy maquillando en ropa interior. Prácticamente, estoy lista para vestirme. En el Spotify de mi iPad suena The Kills. He elegido un maquillaje ligero, pero me he puesto un poco de sombra negra ahumada, bastante máscara y también he usado polvos translúcidos de arroz que me encantan en este tipo de ocasiones, ya que dan ese toque retro de porcelana a la piel.

Me pongo los pantis sin ligueros, de esos que se aguantan solos, y me enfundo el vestido y los zapatos. ¡Vaya! El efecto de las transparencias del vestido rojo con el maquillaje y el peinado *bob*, bien estirado, es mucho más Matahari de lo que me imaginaba. Si me hicieran una foto en blanco y negro sería una actriz de los años treinta, ¡lástima que haya dejado de fumar!

Faltan los detalles. En el neceser llevo unos pendientes *vintage* de plata y esmeraldas de mi abuela alemana. Decido no ponerme el colgante a juego, pero sí me pongo un anillo con un brillante enorme heredado de la tía de Bruno, y que tiene una montura masculina como de sello.

Recuerdo los consejos de Roberto, el asistente de Lindbergh: he de ir de corto con un vestido sobrio y sin joyas. Lo he clavado, ¡todo al revés! No creo que un vestido rojo entre en la categoría de sobrio.

Me aseguro de llevar maquillaje y corrector en monodosis que caben bien en mi bolso *baguette* en forma de concha, colirio, chicles, máscara, ibuprofeno y pongo también el cigarro electrónico, aunque ya casi no lo uso porque ya no tiene nicotina y me parece un engañabobos.

Me falta algo. Ah, sí, el abriguito capa de color negro. Me doy un último vistazo en el espejo. ¡Guau, estoy cañón! Cojo el iPad del otro bolso, me hago una foto posando insinuante, le pongo un filtro sepia en Instagram y se la envío, en blanco y negro, a Bruno a su móvil.

Hora de salir.

En recepción no veo a nadie, la recorro en dirección al bar alegrándome de llevar solo tacón medio y no unos de esos de vértigo. Aunque unas sandalias altas Louboutin le irían de muerte a este vestido.

En el bar tampoco hay nadie. Me siento en un taburete y dejo el abrigo y el bolso en el asiento de al lado. Pido otro *gin-tonic,* pero le aclaro al barman calvo de mediana edad que lo quiero normalito, con limón y con Hendrix; nada de pepino o de cebollino, pues no soporto esos *gintonics* que parecen ensaladas. Le doy un buen sorbo, ¡está muy bueno!

—*I hope I'm not late!* [Espero no llegar tarde].

Me giro con la copa en la mano y... se me congela el alma.

Se ha puesto esmoquin y está de infarto. No, no, no es un esmoquin, es un traje muy oscuro casi negro, camisa blanca, zapatos acharolados y no lleva corbata ni pajarita.

Por mucho que lo intento me está siendo imposible acostumbrarme a estar cerca de este hombre. Cada vez que hace un rato que no lo veo mi reacción es la misma: me coge por sorpresa y ese atractivo tan impactante me deja KO, me cuesta reaccionar, se me suben los colores, el corazón se me acelera de tal forma que parezco una histérica o me baja el biorritmo y me deja aplatanada, atontada.

—*Oh, well, it's your party...* [Ah bueno es tu fiesta...].

Menuda estupidez he dicho, pero quién puede pensar con Mr. Wonderful mirándote a los ojos otra vez de esa manera. No aparta la mirada, directamente a los ojos, como buscando, como si quisiera desnudar mi alma. Está muy serio, algo no va bien. Tiene el móvil en la mano. Quizás ha recibido malas noticias o se ha cancelado la velada. Me pasa su móvil.

—Tengo a Bruno.

—Brunooo.

—¡Tienes absolutamente prohibido salir así a ningún sitio! Ahora mismo subes a la habitación a ponerte un burka o algo por el estilo.

Alexander no pierde detalle mientras coqueteo con mi marido, y sigue como enfadado o tenso.

—Cariño, es que nunca me llevas a cenar y mira, ahora ves lo que te pierdes.

—Me arrepiento de no haber ido contigo porque ahora mismo te estaría bajando la cremallera del vestido con los dientes. Te puedo asegurar que tu foto me ha provocado una erección.

—Bueno, tú te lo pierdes, pero si quieres puedo hacer una foto de lo que llevo debajo para ayudarte en tu noche solitaria...

—¡Pásame a Alex!

—Vaaale, nos vemos mañana a eso del mediodía. Besitos a Maya.

Devuelvo el teléfono a Lindbergh indicándole con un gesto que Bruno aún está al aparato.

—Bruno.

Intento adivinar qué le debe de estar diciendo, pero no tengo ni idea. Probablemente, que me cuide o que no me deje beber mucho o alguna tontería semejante. Alexander sigue muy serio.

—Me gusta mucho tu *muher*, Bruno.

¿Qué coño habrá querido decir con eso? ¿Qué tipo de confianza, o prefiero pensar, qué tipo de broma es esta?

—*I'll see you, bye.*

Está de muy muy mal humor.

—Es incómodo para mí ser tu teléfono.

—Bien, les diré que no llamen más.

—*Ready?*

Idiota, imbécil, antipático. Le doy un sorbo largo, apurando todo lo que puedo, a mi *gin-tonic*, cojo la capa y el bolso y lo sigo toda digna. Esto empieza muy mal. Si no fuera porque es el mismo tío que me ha besado hoy en el cementerio, diría que me odia.

Al bajar del Jaguard e-type setentero que debe de haber alquilado Lindbergh para la ocasión, casi me mato. No quería darle tiempo a que me abriera la puerta y un poco más y aterrizo en un charco de un aparcamiento público. Debe de haber llovido esta tarde, yo no me he enterado. El trayecto del hotel al consulado estadounidense ha sido corto y completamente en silencio.

Cuando salimos del aparcamiento, nos encontramos con una plaza céntrica con mucha vida. Me parece recordar que es el Bellevue. Nos dirigimos hacia un edificio neoclásico muy grande, de aspecto nuevo, que no puede ser ni consulado ni embajada.

Caminamos del brazo entre otra gente vestida de noche, mucha gente.

—Esto no puede ser el consulado.

—No, es el Operahouse.

—¿Opera?

—*Ballet Romeo und Julia.* Prokófiev.

—Pero ¡por qué?

—¿No gusta *ballet*?

—Sí, gusta, ¿por qué el cambio de planes y por qué no me has dicho nada?

—Persona que yo quería ver en embajada en Bern está aquí in Operahouse.

—¿Íbamos a la embajada en Berna?

—Sí.

—¿Y cuánto hace que sabes que no?

—*Yesterday evening.* ¿Es problema?

—No, no.

No es problema ir del brazo del hombre más atractivo que he conocido nunca, a ver un *ballet* en el Operahouse en Zúrich. No, no es problema, casi mejor que un cóctel, así no bebo demasiado y no tengo que hablar con nadie. Llegamos a la cola para las entradas. El edificio tiene tres puertas acristaladas altísimas y ahora recuerdo haber leído que el antiguo Operahouse se quemó, igual que ocurrió en Barcelona.

Mientras esperamos en la cola, Alexander me pasa el programa y me lo miro por encima: *Romeo und Julia*, coreografía de Christian Spuck. Nunca he estado en el *ballet*. He ido al Liceo de Barcelona a ver un par de óperas. También al Palau de la Música a algún concierto y al Mercat de les Flors para alguna representación de danza moderna o a ver a la Fura dels Baus.

Me imagino un rollo *Lago de los cisnes*. Alexander intercambia mensajes con alguien, se pasa el día revisando su teléfono, y, ahora que lo tengo delante, relajado, sus ojos me parecen más normales con la camisa blanca y la luz nocturna; no impactan tanto y menos todavía si no me están mirando.

Entramos en el vestíbulo y prácticamente nos arrastra una marea hacia el interior. Subimos las escaleras, Alexander me coge de la mano y me lleva directamente a un palco. Estamos solos, nos sentamos. Aún con las luces tamizadas puedo ver el aspecto general del teatro: es de corte clásico con sus palcos, sus frescos y mucho terciopelo rojo por todas partes, en el telón, en las butacas.

—*Would you like a drink?* [Quieres una copa].

—¿Hay servicio de bebidas?

—No.

Con cara traviesa saca una petaca de plata del interior de su abrigo y me la pasa, le doy un sorbo, es *gin-tonic* y todavía está fresquito. Qué buena idea.

—¿A quién tienes que ver?

—A mi agente del Hottinger bank.

—¿Por qué aquí?

Me sonríe, pero no me contesta. Decido disfrutar de la velada. Últimamente mis días son tan surrealistas que prefiero no profundizar demasiado en su reciente complejidad. Se levanta y me hace una seña como diciendo que ahora vuelve, dejándome sola en la inmensidad del pequeño palco.

Me entretengo mirando a mi alrededor, hay gente saludándose, los músicos se preparan en el revuelo típico de antes de que se levante el telón. Me quedo absorta con el espectáculo previo a que empiece la función.

Desde arriba puedo ver a Alexander. Está saludando a una rubia de pelo largo con un vestido muy corto y escote en forma de corazón, que debe de tener unos treinta años, aunque es difícil de saber desde aquí; ¡lo que daría por unos binoculares! Ella le toca la cara como si le acariciara, se nota que hay mucha confianza, se ríe y le vuelve a acariciar la cara y él se deja, se abrazan.

Ahora se van juntos y se pierden por uno de los pasillos. La punzada de celos que siento me deja sin aliento, me coge por sorpresa e incluso me hace derramar una lágrima. ¡Ay, Dios mío!, esto es mucho peor de lo que pensaba, me estoy enamorando estando ya enamorada de otro. Le doy un buen trago a la petaca, me seco la lágrima díscola y le doy otro buen trago. ¡Qué narices hago aquí, mejor me marcho!

Me levanto para irme cuando se abre el telón. Veo aparecer a Julieta en camisón blanco corto sobre una escenografía muy oscura, con tan solo una gigantesca lámpara de techo toda llena de velas, la música es sobrecogedora. Vuelvo a sentarme cuando aparece Romeo y Julieta desaparece. Es danza clásica con una ambientación minimalista, oscura y muy actual; es maravillosa. La primera escena muestra la rivalidad entre los miembros de las dos familias en un baile frenético de espadas.

Apoyo los brazos sobre el palco y me dejo llevar. Ahora, cuando Julieta es presentada en sociedad para que conozca a Paris, de quien se queda prendada es de Romeo. La seducción, la tensión entre ellos sigue *in crescendo* mientras bailan y la contundente música me vibra en el interior y me acelera el corazón. Debo de estar muy sensible porque hace tiempo que no sentía tanto impacto ante…

—¡Johanna!

—¡Ohh!

¡Jesús, qué susto! Es Alexander, no lo he oído llegar y me ha puesto la mano en la nuca, casi se me para el corazón. Le hago guardar silencio y le indico que se siente o que, al menos, no moleste. Me coge la petaca y enseguida se da cuenta de que ya no queda casi nada, pero no se queja. Se sienta. Me observa, bueno, pues que observe, yo me quedo como estoy disfrutando de la velada.

Romeo está esperando a Julieta escondido y ella se escapa de casa para reunirse con él. No me puedo concentrar porque Alexander ha empezado a respirar muy fuerte, tiene la cabeza entre las manos. Algo no va bien, igual que la primera vez que lo vi.

Como ya sé lo que le pasa me levanto sin decir nada y me coloco tras su butaca, le toco el hombro para que se enderece y me coge la mano girando el cuello completamente. Me mira, como la otra vez, pero no me ve. Da miedo cuando se pone así, en plan zombi.

—Cierra los ojos —le ordeno.

Se gira de nuevo irguiendo la espalda, se pone completamente recto y cierra los ojos. Tiene el pelo revuelto.

—Ahora quiero que relajes la frente y las mandíbulas, que no estén tensas, también los hombros. Relaja los hombros.

Mientras intento calmar el dolor con mi voz haciendo que se concentre en otra cosa, pongo mis manos en su frente rodeándola hasta las sienes. Las caliento frotándolas para que no estén frías y las vuelvo a colocar alrededor de su frente; luego pongo tres dedos sobre cada uno de sus párpados y aprieto fuerte haciendo presión también con mis pulgares en la base del cráneo.

—¡Ahhh!

—Shhh, relaja la mandíbula.

Suelto los párpados, paso los dedos a sus sienes y vuelvo a apretar todavía presionando la base del cráneo.

—¡Ahhh!

Masajeo sus cervicales con los dos pulgares mientras le susurro que respire profundamente. Vuelvo a abrazar su frente y las sienes con mis manos y me quedo así un rato, entonces él deja caer la cabeza hacia delante como muerta y mis manos la aguantan. Esta vez no he sentido mis hormonas galopar, más bien estoy preocupada.

Me acerco por delante y me inclino a la altura de su cabeza.

—Eh, ¿estás bien?

Como no dice nada me acerco aún más y le susurro al oído:

—Eh.

Me coge a traición y me abraza haciéndome caer sobre sus rodillas. Me revuelvo, me abraza con fuerza, me tiene aprisionada.

—Alex no, yo no...

—*Just wanna hold you, just* un abrazo —me dice con un susurro desgarrado y se me congela el alma.

No me muevo, no lucho, mi cuerpo se deja vencer mientras él apoya su cara contra la mía y permanecemos con nuestras frentes tocándose, así acurrucados, abrazados en la misma butaca, en silencio, dejando que la música de Prokófiev nos sacuda por dentro.

Menudo espectáculo debemos de estar dando los dos vestidos de lo más elegantes arrebujaditos en el sillón, si es que alguien está mirando, que no creo, porque Julieta y Romeo bailan en pleno arrebato y es absolutamente conmovedor. Por unos minutos, olvido dónde estoy.

—Tengo hambre —dice Alex. Buena manera de romper la magia. A decir verdad, yo también estoy hambrienta.

—Sí, ¡vamos!

Me levanto consciente de que algo ha cambiado para mí con respecto a este hombre, porque he podido sentir su soledad en mi interior y tengo la sensación de que haría cualquier cosa para llenar ese vacío, si pudiera. Pero no puedo, así que lo mejor será guardar cierta distancia sin darle demasiada importancia al asunto. Una cierta indiferencia me parece una buena estrategia, si yo no le doy importancia quizás es que no la tiene.

De nuevo en la plaza en el exterior del Operahouse disfruto del aire fresco y seco de montaña en la cara. No necesito mi capa porque estoy ardiendo por dentro, aunque seguro que me constipo. Desde donde estamos vemos una zona de terrazas muy animada que parece ideal, me cojo de su brazo, más que nada por precaución, y caminamos hasta allí en silencio.

—¿Sushi?

—Sushi sería perfecto.

Y entonces localizo de dónde ha salido la idea. Hay una terraza medio cubierta con calefactores. Tiene su consabido aspecto zen, es moderno, con muy buena pinta y hay gente guapa cenando. Nos dan mesa enseguida, nos sentamos y miramos la carta, Alexander pide sake para beber.

Ya sé lo que quiero, un maki de toro, un ebi tempura uramaki y unos yakisoba de vegetales y gambas. Alex pide un maki de atún y aguacate, tempura de langostinos y unos udon de esos que vienen en sopa.

—¿La rubia es tu novia?

—Yo no novia, solo amigas.

Me ha clavado la mirada mientras da un sorbo a su saque.

—¿Amigas íntimas?

—Sí.

Siento los celos de nuevo retorcerse en mi estómago como una morena agazapada en su cueva.

—¿Y tienes muchas amigas?

—*A few*.

—¿No sabes cuántas?

—Claro que sí.

Llega la comida y a juzgar por cómo se abalanza sobre ella, este hombre tiene tanta hambre como yo. Empezamos con el ritual de los palillos, la soja y el wasabi. ¡Mmmm! El sushi está tremendo. Alex me ofrece un langostino con un gesto y yo lo cojo de buen grado, porque si no lo he pedido es porque me parecía demasiado.

—Estar muy bueno.

Pues mira, ¡como tú!, pienso y se me escapa una sonrisa.

—Oye, cuéntame, ¿conociste a tu padre?

Vaya, claramente, tema equivocado; se le ha ensombrecido la mirada y creo que no le gusta hablar de él.

—No lo recuerdo.

—¿Y tu madre?

—Sí la conozco.

—¡Alex! Digo que ¿dónde está tu madre?

—En Maui.

—¿La ves mucho?

—*Twice a year or so.* [Un par de veces al año].

Cambiaremos de tema porque lo de la familia no fluye, así que también me morderé la curiosidad acerca de su fallecida esposa. Ha dicho que tiene amigas varias, aunque no va a decir más, así que mejor que escoja él el tema.

—¿De qué quieres hablar?

—*I don't.*

—¿Es por la cabeza?

—No, estoy bien, *thanks.*

Se queda en silencio como pensativo y luego va y me suelta:

—*I just wanna look at you and be with you.* No necesitar conversación, solo estar juntos.

—La conversación ayuda a conocerse mejor y hace las cenas más amenas.

—*I know you more than you think.* [Te conozco más de lo que piensas].

—No me conoces de nada, Alex.

—Te conozco, Johanna.

Le da otro sorbo a su sake y se queda en silencio todo críptico, mirándome.

¿Qué habrá querido decir con «Te conozco, Johanna»? Espero que no me venga con un rollo de videncia y de reencarnación en plan tú y yo venimos de la misma estrella cósmica o algo así. Me da la risa, aunque supongo que es el sake.

—*What are you laughing at?* [¿De qué te ríes?].

Le hace gracia que me ría porque ahora sonríe él también.

—Nada, creo que he mezclado, ya sabes, la petaca, el sake…

—*Dessert*? [¿Postre?].

—¿Nos partimos algo de chocolate?

—Ok, ¿champán?

—¡Champán!

Alexander hace un gesto al camarero, que enseguida retira los platos, y pide un *coulant* de chocolate, helado en tempura y dos copas de champán, para lo cual se enfrasca en una conversación acerca de la mejor opción. Al final opta por una botella pequeña de Taittinger porque no le gusta el Dom y no quiere una botella grande ni tampoco una abierta.

—¿Qué haremos con el coche?

—¿Se queda en el aparcamiento y volvemos *en* pie?

Qué mono, quiere volver *en* pie... ¡me lo comería a besos!

—Se dice a pie, pero, vaaale, me parece bien.

Nos traen los postres y brindamos.

—¡*To our* primera cena juntos!

—*Cheers.*

Bebemos y me pica demasiado la curiosidad.

—¿Por qué no tienes novia, es por Sharon?

—No.

Seco, serio, mirada asesina. Soy una bocazas y le he estropeado la noche.

—Lo siento, no es de mi incumbencia, soy una bocazas.

—*Don't worry*, no es como dice *in the* Internet. Todo son basuras.

—¿Quieres decir que todo es mentira?

—Sí, un día yo explico.

—Pero no has encontrado a nadie más.

—Yo buscar a ti, Johanna.

—No digas tonterías.

Sonríe, es una broma.

¡Bueeeno! ¡Qué día más intenso! Creo que ya no puedo más y que estoy un poquito borrachita, así que esta cenicienta se tiene que ir a la cama. Me levanto para dejar claro que he terminado y aprovecho para ir al baño.

No tengo mala cara, más bien estoy como muy fresca;

debe de ser el alcohol. O bien me da una imagen distorsionada de mí misma o me ha sentado muy bien. Me encanta este vestido rojo que llevo que potencia mis ojos verdes y la piel tan blanca con los polvos de arroz. Ahora mismo me iría a bailar. No estoy segura de que Mr. Wonderful sepa bailar; es un poco estirado, como si se hubiera tragado una escoba, aunque por otro lado es grácil. Me pongo un poco de color en los labios, solo un poquito.

Cuando salgo está esperando ya en la calle con mi abrigo en la mano.

—*Put this on,* hace frío.

—Ya, pero no lo noto…

—Póntelo, vestido *too sexy.*

—Lo mismo ha dicho Bruno y que me pusiera un burka…

Se ríe con una carcajada echando la cabeza hacia atrás.

Bueno, por fin un cumplido sobre mi aspecto, he tenido que esperar toda la noche.

Mientras caminamos intento imaginarme a mí misma en otra vida, una junto a Alex, con sus hoteles y sus lujos, con chóferes, restaurantes, viajes maravillosos; pero esa Johanna no soy yo, la fantasía no funciona porque no están Maya ni Bruno.

Mi familia es lo mejor que tengo. Pero, un paseíto por la noche de Zúrich toda sexy con un hombre así, hay que disfrutarlo, no pasa cada día o década… Veo nuestro hotel, ya estamos cerca.

—Quieres copa en bar. *Tomorrow* es *relaxed,* no levantar *early* porque solo ir a casa de Berenguer en *after straight* to Barcelona.

Ya me está mirando otra vez de esa manera, como si mis ojos fueran transparentes y estuviese viendo otra cosa en mi interior y, a la vez, como si estuviese furioso conmigo. Entramos en la recepción.

—Oh, no, no, suficiente por hoy, prefiero la cama.

—*Me too!* [¡Yo también!] —dice en tono lascivo la pantera negra en todo su esplendor con sonrisa de depredador.

El deseo se desata en mí con esa mirada, ardo por dentro y las mejillas me queman; es tan intenso que saltan todas las alarmas convirtiéndolo paradójicamente en un jarro de agua fría. Me agobio, no sé dónde meterme, siento deseo y vergüenza a la vez.

Entramos en el ascensor, Alexander nota mi zozobra y se mantiene a cierta distancia. Tengo que escapar, pero tampoco puedo salir corriendo, ¿no? O sí. Me acompaña hasta la puerta de mi habitación y yo abro mi bolso con dedos sordos buscando la tarjeta; soy penosa cuando me pongo nerviosa.

Alex apoya la cabeza contra la pared como agobiado, por un momento pienso que le ha vuelto la migraña, se gira con la frente aún pegada a la pared y se me queda mirando de aquella manera tan intensa, como enfadada.

—Casi no me conoces, *perrro I would take you away in my plane to my home.*

Y como mecanismo de defensa se activa la radio en mi cabeza y suena:

BIG JET PLANE de Angus & Julia Stone

She said, hello mister
Pleased to meet ya
I wanna hold her
I wanna kiss her

Gonna take her for a ride on a big jet plane
Hey, hey

Be my lover
My lady river

Can I take ya
Take ya higher

Gonna take her for a ride on a big jet plane
Hey hey

Me he quedado colgada, me toca el hombro.

—Johanna, ¿tú *me oír*?

—Sí, sí, perdona, tengo música en la cabeza… ¿Me llevarías en tu avión? ¡Secuestrada!

Hago una mueca de horror para que vea que estoy bromeando y sonríe.

—*Look, normally* estarías en mi cama esta noche, *but* yo conocer *your little family* y me gusta.

—Todas acaban en tu cama, ¿eh?

—*Usually, yes.* [Normalmente, sí].

—Bueno, ¡gracias por el indulto y muy buenas noches!

Mierda, la tarjeta no sale, me agacho y vuelco el bolso en el suelo en un ataque de histeria, porque ¿qué otra cosa puede ser una reacción así?

—*Easy*, cálmate

—Lindbergh, déjame en paz.

Se agacha junto a mí porque ha encontrado la tarjeta y me la pasa. Justo cuando la voy a coger, la retira.

—Johanna, *me* expresar mal… yo…

—Te expresas muy bien, pero no necesito que me expliques nada.

—*I have feelings and I…* [Tengo sentimientos y…].

—Bueno, no estoy muy segura de eso.

—*Just shut up.* Escucha, *please*.

Estamos sentados en el suelo sobre la moqueta con la espalda apoyada en la pared y las piernas semiabiertas. Parece que el vestido este de Saint Laurent tiene predilección por perder la compostura.

—*I have feelings for you.* Siento cosas...

—¿Sientes cosas?

—*Yes,* y es diferente y *unconfortable* porque no querer.

—Vale, te expresas fatal.

—*I want you but I don't.* [Te deseo, pero no quiero].

—A mí me pasa lo mismo, me gustaría, pero no puedo. Tú eres libre; es diferente.

—*That's the* problema, ya no *because in the end I need you.* No soy libre, *just thinking of you all day long.* [Ese es el problema, ya no porque al final te necesito. No soy libre, pensando en ti todo el día].

—Bueno, se te pasará, tienes a todas esas mujeres a las que no indultas.

Me pone una sonrisa triste que me parte el corazón y en donde debería haber un corazón hay un enorme vacío y me siento muy triste y muy cansada.

—*Right!* Vamos a la cama.

Se levanta y, cogiéndome de la mano, tira de mí, vuelvo a estar en sus brazos. Ay, ay, momento de pánico porque sí, quiero irme a la cama con él. Ahora yo lo sé y él también. Se ríe.

Es el sino de mi vida, les hago reír.

—Cada uno a su cama.

—¡Oh! Claro, buenas noches.

—*Just one kiss.*

Y a eso no he podido contestar porque sus labios se han lanzado sobre los míos y aprieta tan fuerte que me hace daño. Me empuja contra la pared y empuja todo su cuerpo hacia mí mientras extiende los brazos en cruz hacia la pared besándome con demasiada violencia. Se separa un poco, lo justo para que yo pueda escapar si quiero, y su cara y la mía quedan a dos centímetros. Jadeamos los dos mirándonos a los ojos y me muerdo los labios y él apoya su frente contra la mía.

—*Good night!*

Susurro y me escurro de entre sus brazos mientras noto una lágrima díscola recorrer mi mejilla; debe de ser la misma de esta mañana en el cementerio.

—¡Oh, *and* Johanna! Cierra tu puerta por dentro, *remember I have the master key.*

Intento sonreír, pero no puedo. Abro mi puerta y me escurro dentro.

He tenido varios novios y en su momento todas las relaciones me parecieron verdaderas historias de amor. Es una pena que este Lindbergh no se hubiera colado en mi vida digamos en la década de los noventa, por ejemplo; hubiera estado bien.

Ha sido un poco prepotente, o quizás simplemente sabe bien quién es, y no está para historias. No tengo la menor duda de que consigue a la mujer que le apetezca sea casada o soltera, seguro que hay un reguero de corazones rotos a su paso, yo no lo dudo.

Ha sabido ser seductor, amable, enigmático, muy muy sexy y un poco más, y me trago eso de que siente algo especial por mí. Debe de ser la táctica de última hora cuando una se le resiste.

Me deshago de los zapatos lanzándolos a la otra punta de la estancia y me quito el vestido, lo dejo sobre el sofá y busco la camiseta vieja que me puse ayer. En el baño me lavo los dientes, se me ha corrido la máscara, me desmaquillo rápido con una toallita húmeda, hago pipí y me meto en la cama.

Seguro que no puedo dormir comiéndome la cabeza, cuando estoy nerviosa me cuesta dormir y más si estoy sola, sin Bruno. Pero quizás esta noche sea la excepción, me caigo de sueño, me doy la vuelta y entro en fase REM.

Zúrich, viernes 22 de octubre, 09.30 h

Noto cosquillas en los pies como si me estuvieran tocando

la planta con una pluma. Oigo una voz a lo lejos, la ignoro; necesito dormir más. Me doy la vuelta y me pongo boca abajo, me tapo la cabeza con la almohada, noto suaves besitos en la frente...

—Johanna.

—Bruno, necesito dormir.

—*Come on, sleepyhead!*

¡Joder, es Lindbergh! Abro los ojos de golpe aunque solo puedo abrir uno, casi no hay luz, está sentado en mi cama.

—¡Qué narices haces aquí!

—Hemos dormido juntos, *you don't remember?*

Me incorporo. ¡Ay, Dios, no puede ser! Se está riendo de mí. Cabrón.

—¿Has usado tu llave maestra?

—No oír, tú tiene problema.

¡Yo tiene problema! Debería denunciarte por allanamiento o por acoso.

Por ser tan guapo, tan sexy, por llevar el pelo medio mojado y que te caiga a un lado el flequillo de esa manera que dan ganas de saltarte encima, debería denunciarte por que te siente tan bien un traje, eso debería estar prohibido; pero sobre todo por tener esos ojos Photoshop que te hacen parecer único.

—*Breakfast it's here.*

—¡Largo de aquí!

Le doy con la almohada. Está de muy buen humor. Quizá tenga razón Bruno, que tiene instinto para reconocer a las personas, y a lo mejor este tío es majo y tiene buen fondo.

—Desayuno con *tú*.

—Tengo que ducharme.

—Tiene tiempo después. *Just grab something to put on...* [Simplemente coge algo para ponerte].

—Vale, pero lárgate.

Me pongo un tejano y me dejo la misma camiseta, me lavo la cara y salgo a la salita tal cual. Alucino, la mesa está puesta con todo lo necesario con ese toque nórdico de yogures y quesos. Lindbergh está leyendo algo en su iPad mini.

—¿Todo esto lo han traído mientras dormía?

—Sí.

—Entonces creo que sí tengo un problema... Ahora entiendo mejor las quejas de Bruno, que me despierta cada día desde hace quince años. Puede que esta sea la primera vez que paso tres noches lejos de él —digo mientras ataco la jarra de yogur, lo sirvo en un bol y le pongo unas frutas del bosque y unos cereales.

—Vamos a casa de Berenguer.

—Estuve un par de veces, preferiría no ir.

—*You can't!* Hermana de Berenguer quiere hablar y hermano de su *muher as well.*

—¿Conmigo?

—*Inventory list of assets.* [Lista de inventario de activos].

—Yo no quiero nada de esa casa, Alex. No me interesan las pertenencias de esa gente, todo esto es de locos. Sabes, ni por un momento he pensado todavía en el dinero.

—*There's plenty of time for that, but now you have a duty and you simply cannot avoid it.* Se lo debes a Pablo. [Hay mucho tiempo para eso, pero tienes un deber y simplemente no puedes evitarlo. Se lo debes a Pablo].

—Tienes razón. Tenemos que zanjar todos estos detalles.

—*The evil is in the details.*

«El mal está en los detalles.» Esa frase la decía mi profesor de historia. Qué curioso, estaba completamente enamorada de él. Me pregunto si estoy enamorada también del que está delante de mí en estos momentos.

—Tus ojos, ese color índigo, ¿de dónde vienen, de tu madre?

—*It's a defect,* exceso de *pigmentation.*

—¿Un defecto que causa alguna patología?

—*No, it's a feature actually* [es un rasgo, de hecho] mis ojos no *cambiar* de bebé, *quedar* in *between* azul y oscuro gris. *Very uncommon.* [Poco corriente].

—¡Vaya! Sí, es raro, pero a mí me parecen violeta oscuro a veces.

—*Yes, it depends,* a veces por la luz *or* por yo estar enamorado.

No empecemos a mirar así que esto ya lo tenemos superado y estamos desayunando con solo el mínimo de tensión sexual. ¡No vayamos a estropearlo ahora! Pero no puedo evitar seguir el juego.

—¿Qué tiene que ver que estés enamorado?

—*They get clearer.* [Se ponen más claros].

—No me tomes el pelo, Lindbergh.

—¿No ves ojos míos más claros *lately*?

—No, no veo ojos tuyos más claros.

—*Coffee?*

—Sí, gracias.

Se levanta con la cafetera en la mano, se acerca poniéndose a mi espalda y, agachándose demasiado para servir el café, pone su cara muy cerca de la mía disparando la tensión entre nosotros a cotas insospechadas.

—Mi lavanda oler *muy mehor* en ti.

—¿Tu lavanda?

Ahora se sienta en otra silla mucho más cerca de mí y coge su taza para servirse, mirándome a los ojos; se le va a caer. Ah, pues no, ¡qué control! No sé por qué está hablando tan bajo.

—De mi *Granma.*

—Tu abuela tiene lavanda.

—Tenemos *plantasión in the Haleakala mountains.*

—¿Tu abuela?

—*Yes, my tutu, Kalani, she's hapa like me.*

—¡Alex! No hablo hawaiano.

—Mi abuela, mi *tutu,* se llama Kalani y *she's hapa,* que ser medio *hawaiaan* medio blanco. Origen *hawaian, swedish-american* mi padre y el padre de mi *tutu* medio inglés y mi abuelo de madre *from Netherland.*

Me encanta que me haga estas confesiones, así *sotto-voce,* pero está demasiado cerca y me está incomodando.

—Vaya, pues ¡estás más mezclado que yo! Mejor no indagar más, quizá somos primos.

Saca su iPhone del bolsillo y me hace una foto. No he podido reaccionar, ha sido a traición; prefiero no verla, mi pinta debe de ser terrible.

—*Lovely photograph, little* prima [Una fotografía encantadora, primita].

—¿Puedo verla?

—No, es mía. Te dejo para tú *duchar...*

—Vale, no tardo. Oye, puedo ir en *jeans,* así más informal.

—*Of course! Oh and* Johanna, podemos cambiar planes, *I can take you home to Maui,* solo unos días. Piénsalo. *Mí* gustaría mucho.

Ahora sí que no sé qué decir, porque no sé si es una broma, que seguro que sí, porque además sonríe; pero hay algo en su voz que me hace dudar. Le miro a los ojos para intentar entender a qué está jugando, pero es mucho peor mirar al hipnotizador de féminas. Lo mejor será salir huyendo. Me levanto, me doy la vuelta y me voy en dirección al baño de mi cuarto y, cuando ya estoy fuera de su vista, digo:

—Te veo abajo.

—Ok, *downstairs in an hour.*

Espero un par de minutos congelada en el baño intentando oír la puerta. Sí, creo que sí, voy a la habitación y saco la cabeza solo un poquito en dirección a la salita para ver si se ha ido. Se ha ido. Me siento en la cama desconcertada.

Ahora ya sé de dónde viene el exotismo de la pantera negra, nada menos que tres generaciones de cruces entre europeo y hawaiano. Ha dicho *hapa* como si fuera algo malo, quizás en Hawái ser medio blanco no es nada bueno. Y el color de ojos como violeta es un exceso de pigmentación en ojos azules.

Tiene migrañas, está como un queso y tiene mucho dinero. Lo que es realmente extraño es esta lucha de guerrilla que se lleva conmigo, pequeños ataques dispersos y desorganizados con el fin de debilitar al enemigo que además funciona, porque voy a llegar a Barcelona que no sabré ni quién soy... ¡En fin! Me voy a la ducha.

Unas tres horas más tarde Alex y yo estamos en el jardín de la casa de Pablo, sentados a una mesita, intentando acaparar el tímido sol. Es un chalet sin pretensiones en un barrio correcto de Zúrich, Kusnacht exactamente, la misma casa que yo recuerdo de mi infancia.

He hablado brevemente con Balbina, la hermana de Pablo, que está muy mayor y vive en Granada. Se la ve muy afectada porque al no tener hijos, sus sobrinos los sentía como propios y creo que aún no ha reaccionado del todo a lo ocurrido.

Sin embargo, Hans, el hermano de Liz, ha sido muy desagradable y me ha amenazado en un inglés belicoso de llevarme a los tribunales, como si yo tuviera algo que ver con la herencia o incluso con su muerte. Por suerte, nuestro abogado, Adrian Frei, lo ha cortado y le ha hecho ver lo impropio de su conducta. Qué le ha dicho exactamente no lo sé porque hablaban muy rápido, muy alto y en alemán; parece haber sido contundente.

Finalmente, y a propuesta de Frei, hemos quedado en inventariar las pertenencias de Berenguer y que tanto

Balbina como Hans propongan qué les gustaría quedarse como recuerdo. Pero nadie puede tocar ni una fotografía todavía. Adrian y sus asistentes elaborarán la lista y documentarán cualquier cosa que consideren importante.

Mientras esperamos a que nos vengan a recoger para llevarnos al aeropuerto, y aun cuando he pedido expresamente no tener que entrar en la casa para evitar contemplar el drama familiar del que me estoy de alguna manera beneficiando, siento una punzada de nostalgia de aquel viaje con mi padre. Georgina se quedó en Barcelona y nosotros dos pasamos cuatro días con los Berenguer. Durante un par de tardes ayudé a Pablo a trabajar con su coche en el garaje. Me pregunto si llegó a terminarlo y si todavía sigue aquí, porque de eso hace ya casi treinta años.

—Solo hay una cosa en esta casa que recuerdo con cariño. ¿Crees que alguien tiene las llaves del garaje?

—No sé, pero puedes entrar por la casa, *I suppose.*

—¡Vamos!

Me levanto y me dirijo a la puerta a paso ligero. Llamo al timbre, aunque sé que está abierta porque Frei, el abogado, está dentro con Hans. Cuando me abren la puerta me deslizo directamente hacia el garaje; Alexander me sigue.

En el interior del garaje hay un monovolumen familiar, un Volkswagen Tuareg y otro coche tapado con una lona. Acciono el mando de la puerta automática para que se abra y entre la luz del exterior.

—Aquí está, ¡lo sabía! Lindbergh, esto te va a encantar. Ayúdame a retirar la lona.

Entre los dos estiramos la lona hacia la parte trasera del coche y, *voilà!*, aparece el clásico de mis sueños, el Aston Martin DB4 convertible color aguacate. Si no recuerdo mal esta maravilla es del 62. El silbido de apreciación de Lindbergh resuena por todo el garaje.

—*What a beauty!*

—¿No es precioso? Es del 62.

Está impecable, con todos sus cromados en perfecto estado. Ya no tiene ni un rasguño como yo recordaba, la pintura brilla como nueva en ese verde aguacate tan peculiar y está encerado. Los interiores han sido completamente restaurados y luce como nuevo. Hasta me emociona el hecho de que lo terminara, creo que estoy un poco sensible.

—*An* Aston Martin! ¿Conocías coche?

—¡Sí! De hecho, lo ayudé un par de días con las herramientas y le pedí que me lo regalara cuando fuera mayor. ¿No es irónico?

—Casualidad.

—Quiero quedarme con él, esto sí que me hace ilusión, y Bruno, bueno, se va a caer de culo. Que sea una sorpresa, ¡eh! No digas nada...

—Se lo regalas a él.

—No se me ocurre un regalo mejor para Bruno. Es un loco de los coches y de los clásicos en especial, y, bueno, yo nunca le he hecho un buen regalo.

—*I will arrenge it to ship the car to Barcelona. The licence number* es de Suiza? [Me encargaré de enviar el coche a Barcelona. ¿El número de matrícula es de Suiza?].

Miro la numeración, tiene 6 números SH 6969. Qué extraño, no pertenece al cantón de Zúrich, sino a otro. Miro el otro coche y la letra sí que empieza por ZH, Zúrich, como debe ser si vives en esta región.

Aquí, en Suiza, puedes comprar la numeración de matrícula y la gente paga por tener la más corta de su región o porque sea especial. Por ejemplo, se han llegado a pagar cuatrocientos francos por tener el SG 1 que sería el n.º 1 del cantón de Saint Gallen. Curiosamente, en este caso el número de la matrícula parece deliberado, pero no corto como les gusta a los suizos. Quizá fuera una excentricidad de Pablo.

—Es de Suiza, pero de otra zona, de otro cantón. Solo

conozco Zúrich ZH, Berna BE, SG Saint Gallen… Pero la numeración es extraña. Aquí puedes intentar comprar la que prefieras, les gustan cortas…

—¿Cómo lo sabes?

—Mi padre era un pozo de sabiduría de rarezas y excepciones.

—*A journalist, I think.* [Periodista, creo].

—Sí, periodista. Oye, por qué no miras si están las llaves y arrancas el coche. Quiero ver si funciona.

Alexander se sienta en el sitio del conductor, abre la guantera y encuentra las llaves. Parece ser que dejarlas en el propio coche es una imprudencia de lo más frecuente que facilita notablemente el trabajo a los ladrones. Me siento de copiloto y Lindbergh enciende el coche; suena de maravilla, creo que está perfecto.

—*Wanna go for a ride?* [¿Quieres ir a dar una vuelta?].

Sonrisa de anuncio de dentífrico. Creo que ya me voy acostumbrando.

—No creo que el abogado nos deje sacar el coche, no debería.

—No, aún no.

Apaga el motor y se me queda mirando.

—Johanna, ¿de qué morir tu padre?

—Se suicidó.

—*Why?*

—Nos ocultó su enfermedad y se suicidó cuando no pudo soportarlo. Tenía un tumor cerebral incurable.

Se acerca demasiado a mí, creo que va a intentar besarme otra vez. Me adelanto y le toco la cara, me coge la mano y aprieta con fuerza hacia su mejilla.

—Creo que deberíamos dejar ya este juego de seducción estéril, Alex. No tiene ningún sentido.

—*Believe me, I feel stupid enough.* [Créeme me siento suficientemente estúpido].

—¿Te sientes estúpido por tontear con mujeres casadas?

—No, eso hago siempre, *mehor* casadas, no compromiso. Pero ser diferente *with you, I just can't...*

—Estás hablando como un crápula, y, sabes, me gustas, y a Bruno también...

Voy a soltarme y si me equivoco, pues oye, me habré equivocado... Le suena un aviso en el iPhone, lo consulta.

—Nuestro coche *estar* aquí. Vamos.

—¿Nos despedimos de todos?

—No necesario, yo llamar a Adrian. Él *tener* trabajo con *inventory*...

Salimos del garaje y, efectivamente, una furgoneta nos está esperando en la calle aparcada en la puerta del jardín. Llegó el momento de volver a casa. Nos subimos al vehículo y, como pasa siempre que tu enemigo practica el ataque de guerrilla, cuando ya piensas que estás a salvo, se produce otro asalto.

—*So, you said you like me.*

—Sí, he dicho que me gustas y a Bruno también, cree que eres buena gente.

—¿Gente?

—Persona. Aunque creo que cuando sepa cómo inspeccionas mi salud dental cambiará de opinión.

—Yo te *inspeccionar* toda.

—¡Alex! En serio, me halaga mucho este interés que me demuestras, de verdad. De hecho, hace siglos que no me relaciono con el género masculino. Bruno y yo no tenemos amigos y este viaje, volver a sentir ciertas sensaciones... Pues, ¡eh! me lo tomo como un regalo, especialmente viniendo de alguien como tú.

—¿Alguien como yo?

—Alguien que puede tener prácticamente cualquier mujer. Alex, no vamos a discutir ni tu atractivo ni tus cualidades.

—*You don't understand. I'm walking on air for you, Johanna.* [No lo entiendes. Ando sobre el aire por tu culpa, Johanna].

Walking on air? Vaya, esta no la había oído. ¿Es como estar en las nubes? Intento concentrarme en la carretera porque, otra vez, me he quedado sin argumentos, cuando veo que nos pasamos el aeropuerto.

—Tu conductora no es muy lista, se ha pasado el aeropuerto. ¿Cuántas veces ha hecho este trayecto? ¿Doscientas?

—No vamos al mismo. *The reception at* Jet Aviation's FBO está al lado, pero no mismo que comercial.

—¿*Jet* privado? No me fastidies Lindbergh.

—¿No gusta *jets*?

Buena pregunta, nunca pensé que me la harían y menos que tuviera que contestarla. Vamos a ver, ¿por qué no me gustan los *jets* privados?

—Nunca he volado en uno, pero esa no es la cuestión.

—Yo *tiene* tarjeta Sky card de Priority one jets, *tiene* que usar, porque pagar todo año. Los Lindbergh Hotels tienen avión para clientes en los Estados Unidos y otras compañías cogen prestado.

—¿Como el *car sharing*?

—*Not exactly*. [No exactamente].

Se ríe. De mí, supongo, pues esta vez no me extraña. ¡Ya basta! Lo miro a los ojos muy seria y le digo:

—No te rías de mí, Lindbergh. Si vuelves a hacerlo, tendré que hacerte daño.

—Ah, Johanna, Johanna.

—¿Qué?

—*What I said. You've got me walking on air.* [Lo que he dicho. Me tienes caminando sobre el aire].

—*Nonsense.* [Tonterías]. Estas confundido o confuso. Debe de ser que no tratas con mujeres corrientes a menudo.

Hemos llegado a una zona del aeropuerto de Zúrich con un edificio pequeño y no demasiado moderno. Aparcamos en la puerta de Jet Aviation.

—*We are here.* Dame tu *passport,* tengo que llevarlo a *the reception.* Tú esperas en *lobby,* volamos con Jet Aviation, yo llevar tu maleta.

—Vaale.

Treinta minutos más tarde estoy sentada en el avión más pequeño del mundo con espacio en cabina para cuatro personas. Cuando lo he visto desde fuera he pensado que ni en broma podría caber gente dentro porque realmente es como de juguete. Es un Light Jet. Visto por dentro, es del tamaño de una limusina y tiene los interiores color crema, sillones más amplios, como los de primera clase; pero no tiene un camarote o como se llame y es muy muy pequeño. Alex tiene que ir agachado.

—Es un Munstang (Citation Mustang).

—Es muy pequeño, Alex; me da un poco de respeto.

—Sí, son los más pequeños, no *crew* solo *the pilot today*. Pero muy seguro…

—No sabía que hubiese *jets* privados tan pequeños.

—He pensado ser más íntimo, experiencia más intensa. ¿Quieres *champagne, a Coke*? He pedido *salmon wraps*.

—Coca-Cola, gracias.

Una azafata morena, y superamable, deja en una bandeja con tapa todo lo que ha pedido Lindbergh y nos indica dónde está la neverita para el hielo. Nos explica las medidas de seguridad absolutamente abreviadas dando por supuesto que las conocemos y se despide. Sube el piloto, se presenta —Hans Frehausen— y nos hace varias aclaraciones sobre la duración estimada del vuelo, unos noventa minutos, la altitud a la que volaremos y las condiciones meteorológicas, que parecen ser de lo más óptimas todo el trayecto. Se sienta en la cabina, corre la cortina y se pone con lo suyo. Quizás a Alex este tipo de avión le recuerda más a las gestas de su padre, con sus pequeñas avionetas, pero yo prefiero un trayecto en Vueling con sus mochileros; este trasto me da miedo.

La sensación del despegue ha sido mucho más intensa, parecía que saliéramos propulsados, y luego he notado muchas más turbulencias y he llegado a pensar que si el trayecto era todo así me iba a dar un ataque de histeria. Lindbergh ha ido sonriendo como un niño malo y no se ha perdido detalle de cada una de mis reacciones.

Por fin, el juguetito este se estabiliza y puedo relajarme. La verdad es que tengo muchas ganas de llegar a casa. Me doy cuenta de que llevo varios días en tensión total y absoluta, como si hubiera vuelto a tener que examinarme de selectividad o algo parecido. Necesito volver a mis clases de yoga. Voy a cerrar los ojos un segundo.

Noto una presencia sobre mí y abro los ojos. Parece ser que me he dormido. Tengo a Lindbergh encima, está sobre mí atándome el cinturón. Vuelvo a tenerlo a escasos centímetros de mi cara, mirándome a los ojos, hurgando en mi alma otra vez.

—Johanna, estamos llegando a Barcelona, *put the seatbelt, please, we're landing.*

—Pero si acabamos de despegar. ¿Me lo he perdido?

—Diría que sí. *You must be exausted.*

—Exhausta, bueno, emocionalmente, quizá sí.

Eso ha sido una indirecta bastante directa que Alexander capta y, con total deportividad, me sonríe, me da un beso suave en la mejilla y se vuelve a su asiento para colocarse el cinturón. El piloto nos indica a través de megafonía, que es más bien un susurro, que estamos a punto de aterrizar en la terminal Corporativa del aeropuerto de El Prat, Barcelona.

—*You can still come with me to Kula.* [Aún puede venir conmigo a Kula].

—¿Kula?

—Maui, *my home.*

—¿A Maui en este trasto? Debes de estar bromeando.

—Tengo avión más grande...

Sonríe seductor, pero ya estamos aterrizando y hay que concentrarse en otra cosa. Lo peor de estos pequeños bichos es la inseguridad que provocan al aterrizar y al despegar, es todo mucho más vibrante. Tocamos tierra, no me gusta, ¡no me gusta nada este trasto! Hemos llegado.

Cuando salimos del aparato puedo ver al fondo los vuelos comerciales. Poco a poco me hago una idea de en qué parte del aeropuerto está esta terminal, como al final de la T2.

Caminamos sin nuestras maletas hasta el edificio y esperamos en una sala vip, toda blanca ultramoderna, con asientos de cuero blanco. Una azafata nos devuelve los pasaportes, nos da la bienvenida y nos ofrece algo de beber que Lindbergh declina. Al parecer nuestro coche está en la puerta y las maletas en el maletero.

Empiezo a entender las ventajas de volar de esta manera, sin colas, sin burocracia aparente porque te la quitan de encima mientras tú tomas algo cómodamente, no hay masificación, todos es eficiencia y se te trata como a un príncipe en todo momento. ¿Podría acostumbrarme a esto? Supongo.

En la puerta de la terminal nos espera otro azafato apoyado en nada menos que un Porsche Panamera negro. Le da las llaves a Alex, me abre la puerta del copiloto y se despide. Admiro el coche por dentro, es mucho más grande de lo que se pueda pensar y combina a la perfección el concepto deportivo con el familiar, ya que la parte de atrás es superamplia.

—¡Este coche es más grande que el *jet* Mustang!

—Sí. *Where are we going, a casa or a Artistik?*

—Son las cuatro y media. Mejor a la escuela.

El Panamera se incorpora al tráfico de la salida del aeropuerto y posteriormente a la A7. Lindbergh acciona un botón y se hace la música. ¡No me lo puedo creer! ¡Esto es de locos! De los millones de canciones que podrían sonar en este momento, suena la que hace días no me puedo quitar de la cabeza.

BIG JET PLANE de Angus & Julia Stone

She said, hello mister
Pleased to meet ya
I wanna hold her
I wanna kiss her

Gonna take her for a ride on a big jet plane
Hey, hey

Be my lover
My lady river
Can I take ya
Take ya higher

Gonna take her for a ride on a big jet plane
Hey hey

Esta casualidad me ha dejado de piedra, literalmente, sin capacidad de pensar y mucho menos de hablar. Por suerte, parece que Alex tampoco quiere conversación. Tararea el estribillo de vez en cuando concentrado en el tráfico y me mira de reojo cuando cree que no lo veo.

3

This mess we're in de PJ Harvey

Viernes, 22 de octubre, barrio de Sarrià, Barcelona

Nada más aparcar en el jardín de Artistik, veo a Bruno que me saluda desde lejos, se mete las manos en los bolsillos y camina hacia nosotros con su habitual ademán, que yo llamo «caminar en cinemascope», como si fuera un plano secuencia de una película. Se sabe observado y viene hacia nosotros de forma estudiada, lentamente, en cinemascope.

Mi chico de miel, con sus grandes ojos ámbar; todo lo que le he echado de menos me está doliendo por dentro en estos momentos, todo el tonteo con el yanqui también. Son como punzadas. ¿Culpabilidad? Probablemente.

—¡Hola, Jou!

Abrazo de oso, me huele la cara o más bien aspira mi olor, mi cuello y mientras mantiene su cara pegada a la mía extiende la mano a Lindbergh.

—¡Alex!

—¡Holaaa!

—Jou, hueles a lavanda.

Se separa de mí y abraza a Lindbergh

—¿Tú también? —le suelta Bruno a Lindbergh y le sonríe extrañado.

—¡Ah sí! Es de su *tutu*.

—Mi abuela cultivar lavanda… Está en mis hoteles.

—Vaya, eres una caja de sorpresas. ¿Y esta maravilla?

—¿The Panamera?

—Me tienes que dar una vuelta… Es una belleza.

—Mañana tengo que ver *property* en por aquí, ¿te recojo?

—¿Buscas casa?

—Sí, yo comprar en zona, tengo *meeting* a las diez de la mañana

—¡Vale! Quedamos a las nueve y media y desayunamos. ¿Tú corres?

—Sí, pero mañana prefiero no. Cualquier día.

—Johanna, ¿vendrás con nosotros?

—No, Bruno, quiero levantarme tarde y estar con Maya. Pero recuerda que a las tres comemos con tu familia.

—No problema. Tú llegas bien. Solo ver dos casas, una en Anglí *and the other in* Pedralbes.

—¿Te quedas? He preparado merienda —le pregunta Bruno a Lindbergh.

Me quedo paralizada, miro a Alex fijamente y muy muy concentrada, intento transmitirle algo así como…

Alex, percibo que la fuerza es poderosa en ti. Ahora escúchame; debes declinar la oferta, declina, ¡ahora!

—No, *grasias,* Bruno. Nos vemos mañana. Tengo cosas que hacer…

Le da la mano a Bruno otra vez, un golpe en el hombro en plan camarada y abre la puerta del coche.

La telepatía Jedi ha funcionado, ¡gracias a Dios!

—¡Por cierto! ¡La fiesta del lunes! ¿Qué has liado?

—Es Cabaret, *burlesque style. For the Aids Day* hay un concierto *in* MNAC *and* fiestas. Pero tú no pagar cubierto. *It's on me…*

—¿Una fiesta el lunes?

—¿No te lo ha dicho Alex?

—Olvidé.

—¡Tres mil euros el cubierto!

—Pero yo necesitar gente conocida con mí… ¿Tú venir, Bruno?

—Sí, sí, yo ya he contestado a un tal Roberto.

—Sí, es mi asistente personal. Johanna, *will you come?*

—¡Claaaro!

Qué voy a decir. Intento actuar con normalidad, aunque los nervios me están traicionando y ahora resulta que tengo que ver a Alex en una fiesta el lunes, y un poco más y lo tengo también mañana en el desayuno…

Debo reconocer que lo hace con total naturalidad. Parece que entre Alex y Bruno hay una conexión como de profunda amistad instantánea y eso es altamente impropio de Bruno, y tampoco me parecería razonable en alguien como Lindbergh, que está tan solo y parece tan reservado. Pero me resulta hipócrita, y hasta temerario, que quiera ser su amigo si está intentando seducir a su mujer. Y, sin embargo, proviniendo de él y de la manera que lo hace, parece hasta normal. Hablaré con Bruno esta noche.

Abrazados caminamos por el jardín, Bruno lleva mi maleta.

—¿Qué hora es? ¿Aún no ha llegado Maya?

—Gina la lleva al cine después del cole, tardarán un poco. He hecho tartaletas de plátano y chocolate, ¿te apetecen? Te advierto que están teniendo mucho éxito, ¡lo estoy petando en YouTube!

—Me apetecen mucho.

Me arrebujo entre sus brazos sintiéndome en casa de nuevo. Su jersey crudo de cuello alto huele a harina y a chocolate, lleva pantalones tejanos negros estrechos idénticos a los que llevo yo y unas botas Timberland. Está para comérselo, pero no porque huela a pastelitos, que también, es que todo él es sexy.

Entramos en la cocina y la cierra con llave, a continuación, acciona el mecanismo del estor para que nadie nos vea a través de la ventana. Sé perfectamente lo que está haciendo, es un ritual que indica que va a haber sexo. ¡Sexo, por fin! Después de varios días de tensión sexual no resuelta... Estoy en casa.

—Siéntate, cariño. ¿Quieres una cerveza?

—¿No tenemos un vinito abierto?

—Sí, mira ahí, coge una copa. Yo prefiero cerveza.

—Vamos al sofá.

—No, siéntate en mi sillón de despacho que te traigo esto un poco caliente ...

Me siento en el sillón del despacho de Bruno, es antiguo, de piel, un Le Corbusier; pero no es una de las piezas conocidas, a medio camino entre una silla grande y un sillón de oficina con patas. Lo tenía la abuela en la fábrica, como muchos otros muebles que hemos aprovechado.

Bruno me trae un platito de porcelana antigua con una tartaleta de plátano, es una versión mini de una tarta casera. Lo pruebo, está delicioso; la galleta crujiente, la mermelada de plátano tibia y algo deshecha, con un fondo de chocolate negro con un punto amargo que contrasta con el dulce del plátano.

—¡Oh! Bruno, está de muerte. Deberías aprovechar el obrador de tu abuela y hacer tartas para vender.

—Johanna, no estoy hecho para hacer cosas en serie. Perdería el interés enseguida..., ya me conoces.

—Síí. Te conozco. Ven acércate, ponte aquí conmigo.

Dejo que se siente él primero y me coloco encima abrazándole y apoyando mi cara en el hueco de su cuello. Permanecemos así un rato, él con su cerveza y yo con la cara hundida en su cuello, aspirando el aroma de mi Bruno, en silencio.

—Muévete, tengo que salir.

—¿Dónde vas?

—Al baño.

Pero cuando está delante de mí en pie lo que hace es agacharse y desabrocharme el cinturón.

—¿Qué tal con Alex?

—Bueno, es especial, pero bien. ¿Por qué?

Ya me ha desabrochado el cinturón y me ha bajado el pantalón y las bragas hasta los tobillos. Estoy ridícula sentada y solo vestida de cintura para arriba. Bruno acerca la cara a mi sexo y sopla.

—Dejo a mi mujer tres días con un millonario atractivo y quiero saber qué tal ha ido —me dice, mirándome a los ojos con la barbilla apoyada en mi pubis. Me hace cosquillas.

—¿Qué es esto? ¿Un interrogatorio?

—Correcto. Un interrogatorio en toda regla.

Se levanta, coge un par de trapos de cocina y me ata cada muñeca a uno de los brazos de la silla. Estoy atrapada y completamente húmeda, vengo necesitando un buen orgasmo desde hace días. Quiero tocarme, pero no puedo. Frustrada, intento soltarme forcejeando.

—¡Ah, no, no, nena! No vas a ir a ninguna parte. ¿Tienes sed? ¿Quieres un poquito de tu copa de vino?

Suena el teléfono, parece que Bruno va a ignorarlo, pero lo coge. Contesta y acerca la copa de vino a mis labios y me da de beber.

—¿Parera? Cuénteme, lo escucho…

Parera es un escultor que alquila un espacio en Artistik. Bruno se acerca a mí con el teléfono en la mano y me besa saboreando el vino tinto en mi boca. Miro de reojo y veo el bulto de su erección en el pantalón. Creo que lo necesita tanto como yo.

Vuelve al auricular.

—Parera, te paso a Johanna.

Oh no, ¡qué estás haciendo! Con el trabajo no se juega.

—¿Parera? —digo jadeando.

El tío no para de largar sobre lo estrecho que está y los problemas que le conlleva compartir el espacio que tiene en Artistik. Es un escultor pésimo y un pesado.

Bruno acciona el manos libres y vuelve a agacharse frente a mí, se pone de rodillas y me mira fijamente con la mirada medio ausente, ya está en celo, como en trance. Bruno, de rodillas, es la cosa más sexy de este mundo.

—Y, ahora, dime, Johanna: ¿te gusta Alex? —me susurra en la oreja. Y tras decir esto hunde su nariz en mi sexo. Ahhh, me va a dar algo, necesito más contacto, un poquito más, por favor.

Parera es como un martillo de fondo, habla y habla sin parar.

—¿Johanna?

Bruno vuelve a susurrarme en el oído, la punta de la lengua toca la cresta de mi clítoris y yo me quiero morir, muevo las caderas adelante y atrás en un intento de masturbarme contra la superficie del asiento. Me estoy mojando toda, voy a dejar el sillón hecho un asco.

—¿Te gusta?

—Sííí.

—¿El yanqui?

—Nooo.

Ahora está lamiendo mi sexo con fruición y yo jadeo como una loca.

—Johanna, ¿con quién hablas? ¿Con Bruno? ¿Me estás escuchando?

—Parera, te llamo luego —digo y Parera protesta. Bruno acerca el dedo al botón y le cuelga, se hace el silencio.

Aún arrodillado entre mis piernas, me pregunta:

—¿Estás segura?

—Nooo.

Ha parado. ¡Oh, vaya! He dicho que no estoy segura... Bruno se levanta y apoya las manos en cada brazo de la silla y se me queda mirando a los ojos. Me conoce demasiado bien.

—¿No estás segura de que no te gusta?

No puedo contestar porque me besa profundamente con devoción y me empieza a dar miedo su reacción; está enfadado y muy caliente a la vez.

—¿Te ha besado así, Johanna?

Se levanta y vuelve a la posición entre mis piernas. Vuelve a lamerme esta vez, se para de vez en cuando y apoya la nariz en mi botón para darle pequeños golpecitos. Me está volviendo loca.

—¿Jou? Contéstame.

Habla flojito, con rabia contenida. Y ya no puedo más, yo lo que quiero es que me penetre y acabar de una vez con esta agonía, confesaré lo que sea.

—Me ha besado a traición. Yo, eh, no, creo que no lo he buscado —suelto en un susurro, jadeando muy muy caliente. Mientras, él me masturba con su lengua. Ahhh, sigue, sigue me voy a correr.

—Pero te ha besado y te ha gustado.

—¡Suéltame, Bruno! No ha pasado nada.

—¿Te gusta Lindbergh?

—Te quiero a ti.

¡Bingo! Respuesta acertada. Me suelta las muñecas mirándome a los ojos, me quita las botas y me libera de los tejanos mientras yo acaricio sus rizos. Entonces se baja los pantalones y me ofrece su miembro para que se lo chupe. Y yo procedo encantada. Me lo meto todo lo profundamente que puedo hasta el final de la garganta y cuando voy a reanudar el movimiento, Bruno se sale, se la coge con la mano y se corre. Se apoya en mí y en la silla para no caerse.

—Ohhh, Johanna, lo siento, esto me ha puesto más caliente a mí que a ti.

Pues no estoy yo tan segura.

El sábado por la mañana, cuando despierto, el piso está totalmente vacío. Salgo a la terraza de nuestro pequeño ático para comprobar que Maya y Bruno tampoco están allí. En la cocina encuentro restos de su desayuno y el mío a medio preparar. Bruno lo ha perfilado para que yo lo remate. Ha cortado jamón y un poco de pan bio para que yo lo tueste ligeramente. Sé que tengo una Coca-Cola en la nevera; desayunar salado con un refresco es uno de mis pequeños malos hábitos que me provocan mayor placer.

Tras tostar el pan y ponerle un poco de tomate, que también me han dejado rallado y regado con aceite de oliva, coloco dos lonchas de jamón sobre el pan, cojo la Coca-Cola de botella, la abro y le doy un sorbo, no uso vaso nunca, es muy importante; «Coca-Cola sin servicio» forma parte del ritual. Lo pongo todo en una bandeja, conecto la Nespresso, para luego, y me llevo el resto a la terraza.

Deben de ser las diez y media de la mañana. Si me doy prisa, puedo engancharme a la clase de yoga de las once y cuarto, que suele ser más meditación y menos movimiento; seguro que me sienta bien. Tenía planeado desayunar con Maya aquí en la terraza. Hace un día precioso, pero parece que Bruno se me ha adelantado y se la ha llevado con Lindbergh. Anoche estaba hecha polvo, suele estar muy cansada los viernes por la tarde y más después de haber ido al cine con su tía que es como un torbellino. Yo soy más bien de baja intensidad, más zen.

El resto del fin de semana lo pasamos en casa haciendo algunas tareas como lavar sábanas y algo de ropa para que la señora que tenemos la planche el lunes. Bruno cocina un pollo al horno y vemos una película en familia.

El pollo al horno de Bruno significa un bicho enorme, porque o es ecológico o es de corral y suelen ser grandes, y por mucho que yo le explique que solo somos tres en casa, no cambia de opinión. Junto al pollo encontramos verduritas varias (calabacín, berenjena, puerro, alcachofas, o lo que tenga a mano) regadas en salsita del propio pollo. Aparte suele hacer patatas fritas para acompañar y siempre de la variedad patata agria o kennebec, de otro modo no hay patatas. No puede faltar la mayonesa casera hecha con un huevo ecológico, aceite de girasol y limón; para rematar también suele preparar arroz basmati porque cree que así se aprovecha mejor la salsa.

Lo habitual después de un festín de este tipo es que dejemos el postre para mitad de película, después hagamos una siesta y por la noche cenemos fruta o, como mucho, una ensalada de tomate y aguacate o puede que Maya tome un consomé.

El domingo por la tarde, cuando Maya y yo estamos con las tareas del cole repasando un dictado, aparece Gina. Toda la concentración desaparece si aparece Gina, ese es uno de sus efectos. Aprovecho para darme un baño mientras Bruno está ocupado moviendo el Facebook de *Cooking is sexy*. Creo que está empezando a odiarlo por todo el trabajo extra que le comporta; una cosa es cocinar y otra ser tu propio desarrollador de los medios sociales o como se llame el asunto de tener tus ramificaciones de Internet al día y funcionando.

Después del baño me siento relajada, contenta, el viaje a Zúrich parece lejano, como si hubiera sido un episodio soñado. Bruno se lo ha tomado todo bien, ni una mala cara, ni una pregunta incómoda.

Ayer estuvo con Lindbergh y todo lo que me han contado versaba en torno a las pequeñas mansiones o palacetes que habían visitado. Maya estaba visiblemente impresionada, aunque bastante más con las piscinas que con las casas *per se*, ya que parece que en su orden de prioridades es mucho más importante la piscina. También parecía bastante impresionada con Lindbergh. Me dijo textualmente: «Es tan guapo, tan rico y tan guapo, mamá». Y luego añadió: «¡Bueno, papá también!». Me hizo reír, ya que su padre para ella es Dios, pero parece que se acaba de dar cuenta de que puede haber algún otro dios en el Olimpo.

Solo espero que no le hable demasiado de Lindbergh a Gina... no sea que me vea obligada a contestar.

—¡Johanna!

—Dime.

—Ven, ven, tienes un correo. Es importante.

Voy hacia el salón con mi batín y la toalla en la cabeza. Tengo una medida de pelo rara, creo que mañana iré a la pelu. Si tengo que ir a una fiesta prefiero un buen corte.

Me acerco al iPad de Bruno y Gina se coloca detrás de mí para echar un vistazo también. Es un correo de Jurgen y ha puesto a Lindbergh en copia. Parece ser que han asaltado su estudio y que han hecho lo mismo en casa de Pablo. Me envía fotos solo de su estudio.

—¡Hostia! Enséñame las fotos.

Bruno descarga las fotos en el Dropbox.

Hay esvásticas por todas partes, todo está destrozado y tirado por el suelo. En otra foto, varios de mis cuadros han sido rajados, aunque no todos. Han tirado pintura roja por todas partes para crear un efecto de sangre. Y hay palabras escritas en las paredes como *shwein* o *schlampe*.

—Sé que *schwein* es 'cerdo'. Busca *schlampe*.

Bruno escribe la palabra en Google.

—Vamos a ver. 'Guarra, puta, marrana'.

—Qué extraño, creo que Jurgen no vive con nadie...

—¿Qué pone ahí, en la esvástica?

—*Werewolf*.

—Ponlo en Google, Bruno.

Lo escribe.

—Significa 'licántropo'.

—¿Licántropo?

—Esto se pone interesante —dice Gina.

Suena el teléfono de Bruno.

—Bruno Martí. Ah, hola, Alex, sí ya lo hemos visto.

Bruno escucha durante un buen rato la explicación de Lindbergh, probablemente porque, por lo que dice Jurgen, han entrado en casa de Pablo también.

—¿También esvásticas? Ya veo.

Lo que no alcanzo a entender es por qué no está hablando conmigo, de MI amigo Jurgen, de MI padrino Pablo o de su casa que va a ser MÍA. ¿Desde cuándo se me deja al margen de mis propios asuntos?

—Sí, ahora se lo digo, nos vemos mañana, un abrazo. *Ciao*.

Bruno cuelga el teléfono.

—Alex dice que en casa de Pablo han estado buscando algo a conciencia y que han roto alguna cosa sin importancia, también hay esvásticas e insultos pintados en la pared. En definitiva, la policía piensa que han sido las mismas personas. Quiere que te diga que lo que más te gusta de la casa está intacto.

—¿Personas? Que en este caso sería un eufemismo de hijos de puta, supongo.

—Johanna, no ha pasado nada grave, no exageres —dice Gina.

—¿Qué es eso que te gusta de la casa de Pablo?

—Ah, nada, una figurita muy interesante, ya la verás…

Aunque por supuesto Alex se refería al Aston Martin (para Bruno Martí…), si no han robado el coche ni la tele o algo parecido y han revuelto toda la casa, tal como dice Alex, es que buscan algo. Pero ¿qué?

—¿Qué más ha dicho la policía?

—Que los asaltos son hechos por las mismas personas y que los Werewolf son una especie de célula neonazi del NSU o algo así. Dice Alex que nos lo explicará mejor mañana y que vuestro abogado… ¿Cómo se llama?

—Frei, Adrian Frei.

—Pues eso, que Frei tiene toda la información y le está preparando a Alex un informe sobre esos… esos…

—Malditos bastardos —dice Gina, en alusión a la película de Tarantino sobre nazis. Aunque todos permanecemos serios porque no parece momento…

—Bruno, ¿te importa que le diga a Jurgen que venga unos días a Barcelona? Puede quedarse en Artistik.

—¿Por qué no le pedimos a Alex que lo aloje en el hotel?

—No me parecería bien. Jurgen es un amigo de la infancia, no voy a enchufárselo a Lindbergh.

—Johanna, llevo dieciséis años contigo y es la primera vez que oigo hablar de ese tipo.

—¿Y qué? ¿No jugabas con alguien de pequeño? ¿No tienes amigos de la infancia del verano? ¿Alguien con quien hayas pasado tiempo y de los que crees conocer su fondo?

—No te pongas melodramática, Jou, que Jurgi es un bala perdida —dice Gina poniendo los ojos en blanco.

—Bueno, me da igual lo que digáis. Ya lo invité en Zúrich y le voy a decir que se venga pitando.

Y tal como digo esto, me levanto y me voy a mi habitación a buscar mi propio iPad, el mío tiene teclado, y me siento a escribir a Jurgen. Le digo «Vente *pa* Barcelona», necesitas desconectar, te estamos esperando, bla, bla, bla.

Y como si hubiera estado esperando mi correo, Jurgen me contesta:

«¡Pasado mañana cojo el avión, chiquilla! ¿Hay algún sitio donde pueda trabajar?».

Vaya pregunta… Le contesto y se acabó el asunto.

—¡Jurgen llega el martes! —anuncio a quien quiera escuchar. Pero nadie me contesta.

Aprovecho para echar un vistazo en mi buzón. Hay dos

correos escritos el domingo de Parera, «el pesado de Parera», uno de contabilidad del viernes que dejé para el lunes, tres de un proveedor y uno de Lindbergh. Lo abro.

> *Looking forward to seeing you at the party, I missed you yesterday* [Tengo muchas ganas de verte en la fiesta, te eché de menos ayer].
> Alexander Lindbergh
> Lindbergh Hotel Group

Es un correo de esta mañana, probablemente antes de los asaltos. ¡Joder! Esto lo debe de haber leído Bruno. Si ha abierto el correo de Jurgen..., también ha abierto este. Tampoco es que diga nada grave, dice te eché de menos ayer, Bruno no le habrá dado importancia.

Últimamente tengo mucho sueño a todas horas, como cuando estaba embarazada, que sé seguro que no, pero realmente me duermo por los rincones y me cuesta mucho despertarme. Dicen que eso puede ser signo de depresión. No le digo nada a Bruno porque se reiría de mí. La verdad es que motivos para estar depresiva no tengo, y tampoco va mucho con mi carácter, aunque no tenga el eterno optimismo arrollador de Bruno. Debe de ser algo físico, como falta de vitaminas o algo así; debería hacerme un chequeo.

Barcelona, 25 de octubre, 10 h. Peluquería Divan's

Eva, mi peluquera, no está muy convencida de cortarme el pelo estilo chico ahora que he llegado a tener un buen *bob*, bien recto, que incluso me llega la coleta.

—Pero, mujer, disfruta del *bob* y ya te haré el corte en primavera, más fresquita.

—No, no, lo tengo claro, me apetece ahora que estoy como bastante delgada.

—No, si seguro que te queda de muerte. ¿Y el color?

—¿Castaño?

—No sé si puedes, lo llevas muy oscuro; podemos probar... pero igual te queda muy parecido al que llevas.

—El que llevo me gusta, aunque quería suavizarlo un poco.

—Probamos...

Eva me cortó el pelo la primera vez que pasé de llevar una melena superlarga a un corte a lo *brit pop* que he llevado muchísimo tiempo, por lo que me fío bastante de ella.

Cuarenta minutos más tarde estoy lista. La transformación es espectacular, me encanta, aunque me hace las facciones más duras y los ojos más grandes, se ven más las ojeras... Este look a lo Twiggy me pega mucho.

Me toco el pelo de vez en cuando y la sensación de supercorto es muy refrescante. Definitivamente, esta noche me voy a poner vestido, revolveré en mi armario a ver qué encuentro. Tengo que volver a casa a ducharme, es lo que hago siempre, si puedo, después de ir a la peluquería: me lavo el pelo otra vez e intento quitarme todo el olor de los productos y los pelitos molestos que suelen quedar después de un corte; es una manía.

Le he pedido a Bruno que ponga un catre en su despacho para Jurgen y ha accedido a regañadientes. El espacio tiene de todo menos lavadora, hay una cocina industrial, baño completo... y, además, podrá utilizar alguna de las estancias de la escuela para pintar. Se trata de que no moleste a Bruno de día y todo irá bien.

Cuando llego a Artistik duchada y con mi nuevo aspecto, Bruno no está, pero Lola me dice que tengo a una madre descontenta esperándonos a uno de los dos en el pequeño despachito de la escuela. Se trata de la señora Ortiz. Voy directamente a recibirla.

—Señora Ortiz, ¿en qué puedo ayudarla?

—Estoy muy disgustada, Johanna.

—Ya lo veo, señora Ortiz. Sin embargo, necesito que me explique el porqué.

—Su escuela no funciona.

—¿No funciona? ¿En qué sentido?

—Pablito dibuja peor desde que viene aquí. O debería decir que lo que hace con usted comparado con lo que hace solo es una mierda.

¡Vaya, menuda bruja! Cojo aire alegrándome de los recursos que me da el yoga. Abro el gran archivador y saco el dosier de Pablo, una carpeta con varios trabajos hechos en la escuela. Me lo miro con calma, realmente el niño es un petardo.

—Señora Ortiz, ¿tiene usted algún dibujo de esos que Pablo hace por su cuenta?

—Sí, sí, claro. ¡Mire!

Abre una carpeta, que no me había fijado que llevaba, y me saca varios bocetos un poco arrugados de una calidad sorprendente.

—¿Lo ve?

—¡Lo veo!

—¿Y qué es lo que ve?

—Pues lo que veo, señora Ortiz, es que es absolutamente imposible que Pablo haya dibujado esos bocetos.

—¿Qué quiere decir?

—Pues que son de autores diferentes.

—¿Está acusando a mi hijo de mentir y de robar dibujos?

—Mire, señora Ortiz, creo que Pablo quiere complacerla a toda costa. No sea muy dura con él, es solo un niño...

—Entonces mi hijo no tiene cualidades artísticas.

—En lo que se refiere a dibujo y pintura, no muchas, francamente. Pero esta no es una escuela de ese tipo, sino que aquí vienen a expresarse y, por supuesto, también aprenden cosas como la paciencia, la perseverancia...

—Entonces, si no es bueno, no tiene sentido que siga.

—No estoy de acuerdo, ¿por qué no le pregunta a su hijo? Mire, yo, en su caso, elogiaría los dibujos que sí son de Pablo y no le daría más importancia al episodio. Probablemente, en poco tiempo dejará de traerle dibujos ajenos.

—Bueno, ya veré lo que dice su padre. Seguramente, lo castigará.

—Yo no le daría demasiada importancia.

—Porque no es su hijo.

—Señora Ortiz, ¿quiere usted hablar de alguna otra cosa?

—No.

—Bien, pues que tenga un buen día.

Se levanta y se va toda airada. Ya se le pasará.

4

Cóctel sorpresa

Hotel Lindbergh, Barcelona, 11 h

Llevo un *petite robe noir*, el clásico vestido negro socorrido que sirve para todo; de estos tengo toda una colección. El que llevo hoy es de Miu Miu comprado a precio de ganga en un *showroom*, tiene un marcado aire colegial que, con mi nuevo corte de pelo, me hace parecer una huérfana. Es muy sexy.

Para mayor contraste, he elegido unos zapatos de tacón medio de color esmeralda. Hace ya tiempo que aprendí, en parte gracias a trabajar en moda, aunque también por influencia de Bruno, que las combinaciones al vestir o, digamos, un buen *look*, es una cuestión de seguridad en uno mismo, de que lo que lleves te guste a ti y que te sientas cómodo. Es lo que se trasmite y como hoy en día en moda prácticamente todo vale, la seguridad es lo principal.

Bruno está muy guapo con americana, debajo lleva camiseta gris oscuro básica, sin dibujos ni logos, no ha querido ponerse camisa; es extraño porque es muy de camisas. Lleva pantalones vaqueros negros y unas botas mexicanas bajas, estilo roquero limpio. Le sienta bien, también cuestión de actitud, de sentirse cómodo, contento con su propio cuerpo y con su persona.

Bruno y yo llegamos a la recepción divertidos de haber bajado elegantes en el metro. Siempre que salimos y sabemos que hemos de beber, preferimos transporte público o taxi. Según nuestro estado de embriaguez, el coche no lo tocamos y la moto tampoco.

La recepción del hotel está en plena ebullición, con un porcentaje de hombres extravagantemente superior al de mujeres, si bien también hay travestidos, algunos de ellos compitiendo claramente en belleza, e incluso me atrevería a decir en elegancia, en algunos casos con las escasas féminas.

Veo a Roberto a lo lejos dando órdenes, manejando la situación. Parece contento, en su salsa; suerte que lo he visto a la primera porque me he dejado las invitaciones y, como el evento es de los que se pagan, probablemente son muy rigurosos y no debe de ser fácil colarse. Roberto se acerca a nosotros y nos saluda.

—Señora Mayer.

—Llámame Johanna, por favor. Él es Bruno Martí.

—Señor Martí, soy su admirador número uno. ¿Me firmará un autógrafo más tarde?

¡Vaya por Dios, lo que me faltaba!

—Por supuesto, cuando quieras, y llámame Bruno.

Y ahora coquetea; no es ninguna sorpresa, Bruno siempre coquetea.

—Los acompañaré a su mesa, el señor Lindbergh bajará enseguida.

Entramos en una gran sala decorada como un teatrillo, con pequeñas mesas circulares dispuestas frente al escenario y un marcado ambiente de cabaret berlinés de los años treinta. Las camareras y cigarreras acomodan a los invitados; algunas son claramente hombres, otras, es difícil de saber.

La verdadera gala contra el sida se hace en el MNAC con un concierto de Miguel Bosé, pero aparte hay otras celebraciones en la ciudad para recaudar fondos. Parece ser que la nuestra y el cóctel son una colaboración entre el hotel y el espectáculo de burlesque *The Hole*. Bruno y yo hemos oído hablar de él. La cena a base de tapas es a cargo del restaurante Tickets, del hermano de Ferran Adrià.

Varias mesas están ya ocupadas y hay música de fondo. En el programa vemos que aparte de un par de números de *The Hole* hay una actuación de The Chanclettes, que también conozco, y me parecen muy divertidas. Poco a poco voy entrando en el ambiente.

—Señora Mayer, ¿le apetece probar el cóctel sorpresa?

—Claro, pero, por favor, llámame Johanna.

Parte del «pink lobby» de Barcelona y quizá también español va llegando. Algún presentador famoso con su séquito, dos actores, Bruno reconoce a un fotógrafo y dos estilistas y se levanta a saludarlos, también a un maquillador de *celebrities* patrias... Roberto me trae el cóctel y deja otro para Bruno.

—Aquí tienes, Johanna, esta noche esperamos a Mario Vaquerizo, Alaska y Topacio Fresh. Después Silvia Prada será la DJ. ¿La conoces?

—Silvia Prada, la ilustradora, sí, sí, claro... Veo que este evento es cosa tuya. ¡Todo va a salir redondo, Roberto, lo intuyo!

—Gracias, Johanna. Oye, no os paséis con el cóctel, es muy fuerte.

—Gracias por el consejo.

Pruebo el cóctel, está buenísimo; lleva ginebra y tiene una leve base de limón, está muy muy frío, no parece fuerte.

Lindbergh hace su entrada triunfal entre murmullos, lleva traje sin corbata con una camisa negra abierta tres botones. Identifica a Bruno y se dirige directamente a saludarlo. Está claro que ha causado furor entre los comensales, que no le quitan ojo, mientras Bruno y él se abrazan y se tocan con esos gestos de camaradería masculina que nunca he visto utilizar a Bruno antes; se me hace extraño.

Ahí están los dos, llamados a ser el objeto de deseo de unos cuantos de los invitados de esta noche y, efectivamente, entre uno y otro están acaparando la atención de la sala. Roberto les ha llevado un cóctel a cada uno e intenta presentarle a Alex al mayor número de personas posible, pero este parece más interesado en hablar con Bruno, que tiene una cola de fans del blog, o quizás fans de él mismo…, a la espera de que les dedique algo de atención.

Todo el mundo quiere estar en ese grupito de la esquina, y ¿qué hago yo aquí sentada como una idiota? Me levanto dejando el vaso vacío y me acerco.

Cuando Lindbergh me ve, se queda paralizado, deja de hablar y se me queda mirando como bloqueado; le da el cóctel al tío con el que hablaba y se acerca a mí. Se me planta delante mirándome a lo ojos, sin decir nada.

—¡Holaa! —digo sonriendo, porque me está poniendo nerviosa, tenemos público, entre ellos Bruno. Me acerco yo para darle dos besos. Mejor rompo el hielo, ya que él parece congelado. Pero no me deja, me pone la mano en la mejilla como acariciándome y sigue mirándome a los ojos.

—¡Alex! Gran fiesta —digo como intentando hacer que reaccione. Y, entonces, tira de mí y me abraza fuerte poniendo sus labios en mi cuello y acariciando mi nueva y despoblada nuca. Ese gesto me transportaría a Venus si no fuera porque Bruno se ha puesto serio. Le pongo cara de póquer a Bruno y luego los ojos bizcos, y entonces se nos acerca justo cuando las luces de la sala parecen amortiguarse un poco más. Aún abrazada a Lindbergh porque no me suelta, Bruno me besa en los labios y Alex recupera la compostura.

—¡El *show* va a empezar! —le dice Alex a Bruno.

—¡Ah, quieres decir el otro espectáculo! —suelta Bruno guiñándole el ojo y haciendo referencia a su demostración de cariño hacia mí. Alex se ríe a carcajadas tirando la cabeza hacia atrás, Bruno también. Y yo, bueno, hace días que simplemente no entiendo nada y no reconozco a mi marido, que suele ser de lo más posesivo. Pero en lo único que pienso es en repetir de ese cóctel tan soberbio que me han servido antes. Nos sentamos en nuestra mesa, que es la preferente. Al ser la mesa redonda quedo justo enfrente de Alex, y Bruno se coloca entre nosotros, parece casual pero igual no lo ha sido. Alex sigue mirándome.

—Me gusta tu *look, it's lovely.* ¿No crees, Bruno?

—Está preciosa, como una huerfanita —dice y se miran y se sonríen. Llegan más cócteles, está buenísimo. Cojo la pequeña carta para ver lo que nos servirán.

Lo primero, aperitivo de anchoas con semillas de tomate. Miniairbags rellenos de queso manchego. Majado de aguacate con atún picante. Navajas con refrito y aire de limón. Corvina rebozada con mojo picón y, de postre, buñuelos de chocolate frío-caliente. Parece mucha comida, pero es en formato tapa. Bruno está entusiasmado, le encanta la carta del restaurante Tickets.

Se abre el telón y sale el actor Paco León al escenario, agradece la presencia de todos y hace un breve discurso sobre la causa que nos ocupa. Parece que la enfermedad le ha tocado de cerca, con alguien muy querido, y se le ve bastante emocionado. Además, es uno de los creadores de *The Hole* y anima a todos a ver el espectáculo completo en el teatro Coliseum.

El primer número es un *striptease* de Vinila Von Bismark, aquí se llama la Madame, y sale poco vestida, al estilo *burlesque,* y con todos sus tatuajes de *pin-up*. Tiene un cuerpo espectacular.

Nos sirven el vino, las anchoas y como unas croquetitas de queso (los miniairbags…). Aparece Pony Loco, un tío casi desnudo con taparrabos, patines y una enorme cola de caballo. Patina y baila alrededor de Vinila contorsionando y meneando su enorme cola a ritmo frenético.

La temperatura de la sala sube y, mientras Vinila se quita la ropa en un *stripe* arrebatador, Pony Loco se lanza a patinar por las mesas, a jugar y a levantar algo más que la temperatura entre el público. Curiosamente a nuestra mesa no se acerca. Brindamos en silencio con el vino y los tres seguimos dándole al cóctel paralelamente.

Nos sirven unas navajas que vienen partidas por la mitad con unas pinzas para cogerlas y un pescadito rebozado. Las navajas son excepcionales, probablemente las mejores que haya comido nunca. Lástima que haya tan poca luz, tenemos que esforzarnos para no perdernos el impacto visual de los platos. Brindamos de vez en cuando, pero discretamente.

Ahora salen The Chanclettes. Son tres tíos vestidos de mujer con un espectáculo de *playback* que combina música y canciones de ayer y hoy con trozos de bandas sonoras de películas, chistes y humor. A Alex parece que le gustan mucho aunque no estoy segura de que lo esté entendiendo todo, pues hay bastante Almodóvar en versión original.

Llegan los postres, buñuelos de chocolate y unas nubes tipo golosina muy divertidas. He cenado de muerte. Se encienden las luces, hay un descanso.

—*Querreis* subir a mi *apartament*, enseño cosas, *important*.

—Tengo mucho calor —digo porque prefiero que conteste Bruno.

—Es el cóctel, creo que tenía algo más que alcohol.

—¿Tú también has notado el subidón? Roberto me ha advertido.

—¿Qué habláis? ¿Subimos?

Insiste Lindbergh y se levanta, Bruno le sigue y yo también. Al salir a la recepción nos ofrecen más cóctel, cogemos cada uno una copa y nos dirigimos al ascensor. Los tres tenemos cara de felicidad. El ascensorista de los años cuarenta nos saluda y acciona el botón del ático. Cuando se abren las puertas, entramos en el apartamento del gran Gatsby.

—¡Vaya! —exclama Bruno impresionado, y yo sé que ha estado a punto de decir ¡UALA!

—¡Es inmenso, date una vuelta!

—¿Tú ya has estado? —me pregunta Bruno mirando hacia el piso de arriba desde el salón.

Alex ha desaparecido por la terraza y nosotros nos sentimos algo incómodos en la sala circular.

—Claro, hace unos días, ¿no te acuerdas? Mira, ese es el padre de Alex.

Bruno se acerca a apreciar la gran fotografía y se queda mirando un reloj de pulsera antiguo en una pequeña urna de cristal.

—Lo fabricó mi padre.

Alex ha vuelto. ¿De dónde? Ni idea.

—Te pareces a él, mucho.

—Él ser más muy rubio. ¿Queréis salir *outside*? ¿Preparo *gin-tonics*?

—Claro, oye ¿y los documentos?

Se encoge de hombros como diciendo y yo qué sé. Diría que ha bebido demasiado, como yo, bueno y como Bruno. Salimos a la terraza tras él, la vista nocturna es tan impresionante que nos quedamos mudos. Bruno me abraza y contemplamos nuestra ciudad desde una perspectiva nueva. En un rincón de la terraza, Alex tiene una barra de bar con varios taburetes que no recuerdo de la otra vez que estuve aquí, aunque a juzgar por cómo encaja con el resto del mobiliario, seguramente ya estaban allí. La piscina está iluminada, y resplandece aportando luz al resto de la terraza, que está en penumbra, prácticamente solo con la luz del interior y algunas luces de posición baja.

Me quito el *blazer* porque hace rato que siento un calor fuera de lo normal. Aunque la temperatura no concuerda con la época del año, no parece que estemos a finales de octubre. Tras la barra, Alex ejerce de barman.

—Realmente tienes un ático impresionante. No me importaría vivir aquí. ¿No, Johanna? Incluso creo que tendría más hijos.

—No ti *gustarría* vivir en hotel, no es casa.

—¿No te gusta vivir aquí? —pregunto sorprendida de que nuestro soltero de oro tenga otros gustos y, además, obviando la alusión a tener más hijos porque sé que en realidad Bruno no quiere.

—Este *penthouse* es hotel, yo voy a ofrecer a *vip clients*. No para *yo*. Estoy porque no tener otra casa y tener aún trabajo con restaurante.

—¿Aún no has inaugurado el restaurante?

—No, solo tiene proyecto, quiero algo que *funcionar, you know*. He contratado al mejor: Luke Ostrom.

—Sí, en los restaurantes de Nueva York, The Ducht es también socio de Robert de Niro.

—*Exactly*, the Locanda Verde, La Fayette. Yo creo que se puede hacer aquí. Todos tiene inspiración *déco* que *mi* gusta.

Nos pasa los *gin-tonics*, coge el suyo y sale de la barra para acercarse al tercer taburete. Ahora estoy sentada entre los dos.

—Este *gin-tonic* está de muerte.

—*Thanks*, ¿qué hablar de cóctel de Roberto?

—Bruno cree que llevaba algo más que alcohol, ¿no has notado como un subidón de calor?

—*Yees*. Bruno, ¿qué crees que he puesto en cóctel?

—Diría que Molly o Mandy, ya sabes.

—*No, I don't*.

—MDMA, un tipo de éxtasis, ya sabes, la droga del amor.

—¡Puesto drogas *on my* cóctel para invitados! —dice con ojos como platos. Se está enfadando y no me extraña, creo que Roberto se ha extralimitado. Intento tranquilizarlo.

—No te enfades con Roberto, ha hecho un gran trabajo y no creo que tenga consecuencias para nadie, seguramente era muy flojito. ¿No has tomado drogas nunca?

—*Well, smoked some pot a few times years ago in college maybe some acid...* [Bueno fumé maría unas cuantas veces hace años en la universidad, a lo mejor algún ácido...].

Me alegro de oír que Lindbergh no está enganchado a nada, mucha gente de éxito le da a la cocaína, otros al Prozac... Por lo que Alex dice, solo un par de canutos en la universidad y algún ácido.

—Pues ya está, nada que no puedas gestionar, tranquilo.

—*Good thing* que estoy con vosotros, no abajo en fiesta.

—Entre Roberto y sus amigos... —dice Bruno muerto de risa.

—*Roberto is gay?*

—¡Alex! ¿No te habías dado cuenta?

Bruno ya está de carcajada y, por suerte, parece que Alex se lo toma todo bien porque también se ríe.

—*Tell me the sintoms, Bruno, please.* Quiero saber que yo sentir.

—¿Síntomas? Bien, vamos a ver, si una Molly es buena y esta es pura, sentirás unas oleadas de calor por el cuerpo, no hay que asustarse.

Bruno ha empezado a hablar como susurrando, como si en esta décima planta, en este ático inmenso, alguien estuviera escuchando o como si quisiera mucha intimidad. Me levanto y me siento en el pequeño espacio que dejan sus piernas en el taburete, dándole la espalda, con el trasero pegado a su entrepierna. Alex se cambia al que he dejado libre yo y se acerca más a nosotros.

—¿Qué más?

—Euforia, una sensación de felicidad.

—*Yees.*

—Empatía. Esta noche querrás a todo el mundo, ¿sabes? Bueno, y quizás también deseo.

Mientras habla susurrando, Bruno ha empezado a acariciarme el cuello con la mejilla sin dejar de mirar a Alex.

—Normalmente las pupilas se dilatan. ¿A ver las tuyas? —le digo y me levanto porque sus ojos son tan oscuros que me he de acercar, él se levanta también.

—¿Cuántos cócteles tú tomado, Johanna?

¿Por qué se empeñan los dos en hablar en susurros? Tengo su cara a escasos centímetros, me coge de la cintura y, seguramente por efecto de la tal Molly, no me pongo en guardia, no me preocupo, estoy relajada.

—¡Creo que cinco! —digo como una niña traviesa que ha sido pillada en falta y se me escapa una risilla.

Y entonces ocurre lo que llevo días intuyendo que tenía que pasar. Alex me agarra con fuerza y me besa, yo reacciono echándome hacia atrás buscando a Bruno y lo encuentro, sí, pero no de la manera que esperaba, sino haciendo de pared a mi espalda mientras Alex me besa, con una erección monumental que presiona contra mi trasero. Sus labios en mi nuca y su miembro entre mis glúteos.

—Heeey.

Me quejo ante tanto consenso, me separo de Alex y me giro para encarar a mi marido con el resultado anterior a la inversa. La lengua de Bruno explora mi boca, sus ojos en trance; Alex desde atrás ha llevado sus manos a mis pechos y ahora tengo una erección presionando por delante y otra por detrás.

Entre ellos se miran y se lanzan señales que yo no entiendo, pero que además ya no intento descifrar porque mis sentidos se han despertado y ellos me van girando como a una peonza. Tanta atención me excita poderosamente.

Vuelvo a estar de cara a Alex, que me mira a los ojos con una mirada muy lasciva pero muy tierna a la vez y, mientras Bruno besa mi cuello bajando poco a poco la cremallera de mi vestido, nada me da miedo.

—*Oh, Johanna, I need you so much. Please believe me.* [Oh, Johanna, te necesito tanto. Por favor, créeme].

Alex me ha cogido la cara con las dos manos, me dice cuánto me necesita y quiere que le crea. Vale, vale, te creo. Me necesitas ahora, claro soy la única tía que hay. Y ahora es Bruno que por detrás me habla al oído.

—Johanna, te quiero, estoy aquí, todo está bien.

Estas palabras son como un clic en mi cerebro, me doy cuenta de que los quiero. A los dos. Quiero a Bruno por encima de todas las cosas. Y también quiero a Alexander. De hecho, lo quiero dentro de mí, lo quiero en mi boca, lo quiero en mi vida.

La claridad con la que percibo mis sentimientos esta noche es como una epifanía, una verdad sensual. No siento remordimientos, ni culpa ni pudor, solo un deseo arrollador que nunca me ha parecido tan tangible, y mucho amor.

¡Vale, estoy colocada! Y, aun así, soy yo misma y voy a disfrutar de este momento sin miedo.

El vestido cae por fin al suelo, Alex observa cada centímetro de mi cuerpo, sus ojos me recorren con avidez, y detrás de mí, con la barbilla apoyada en mi hombro, Bruno no pierde detalle de la reacción de Alex. Le excita poderosamente ver que, como en trance, con la mirada perdida en mi piel, Alex hace rodar la yema de su pulgar por mi clavícula, luego por el costado de mi torso.

Cada poro de mi cuerpo reacciona, cada milímetro de

mi piel en alerta se muere de placer en cada contacto, mientras la nariz de Bruno me recorre desde el oído al hombro, una y otra vez, y luego su barbilla presionando el músculo de mi cuello.

—*Oh, Johanna, I need you so much!* [¡Oh, Johanna, te necesito tanto!].

Los ojos de Alex me desgarran por dentro, siento su tristeza y su vacío, como aquella noche en Zúrich. De reojo, miro a Bruno pidiéndole permiso para tomar la iniciativa. Al ver que me sonríe me abalanzo sobre Alex y le beso, su lengua reclama la mía con urgencia, sus besos son febriles, saben a necesidad.

Le desabrocho los botones de la camisa para poder tocar su torso y hundir mi cara en su piel, aspirar su aroma, cuando noto la mano de Bruno explorar la humedad de mi entrepierna por dentro de mis bragas. Sus dedos, ahora viscosos, buscan mi placer expandiendo ondas insoportables por todo mi interior.

Besar a Alex mientras mi marido me masturba es lo más erótico y placentero que haya experimentado. Noto mi cuerpo ponerse rígido y casi sin poder evitarlo llego al clímax, sin casi darme cuenta me corro ahogando el grito de mi orgasmo en los labios de Alex.

—¡Aaahhh!

—¡Johaaanna, te has corrido! —dice Bruno riendo. Me giro y lo abrazo, muerta de vergüenza, intentando recuperar la compostura, pero necesito unos segundos. Las piernas no me aguantan y, abrazada a él con la cabeza hundida en su cuello, jadeo. Poco a poco mi respiración vuelve a la normalidad.

—¡Uno a cero!

Contesto, recuperada, con una sonrisa pícara porque quiero más…

Alex se ha liberado de su chaqueta y de su camisa y solo lleva pantalones, Bruno está en camiseta con el cinturón desabrochado y el botón del pantalón también. Ambas erecciones pugnan por ser liberadas. Por un momento flaqueo, no creo que vaya a poder con los dos. Bruno nota mi zozobra.

—Tienes frío. Ven, cariño, bebe un poco.

Me acerca la copa y me pone su chaqueta por encima de los hombros; solo llevo mi ropa interior negra, pantis de esos que se aguantan sin liguero y los zapatos. Me siento observada, mis acompañantes no me quitan ojo, soy como la gacela acechada por los leones. Un león y una pantera negra cazando en armonía. Noto un flash. Alex me ha hecho una foto con su móvil y se la enseña a Bruno.

—Eso no tiene gracia.

—Estás tan preciosa, *I just can help it.*

—Sí que estás preciosa, y escandalosamente sexy. Ven aquí, me va a explotar el pantalón.

Me acerco y apoyo la mano en su erección, realmente es una roca y de nuevo siento un bulto en el trasero; es Alex.

—¿Puedo entrar por puerta de atrás? —me pregunta deslizando su dedo por entre mis glúteos hasta acariciar mi ano. Me pongo tensa y él lo nota. Bruno lo mira como diciendo «Dale tiempo, hombre, vas muy deprisa».

—*Don't worry,* poquito a poquito —dice, y me gira hacia él reclamando mi boca. Lo abrazo saboreando su piel, el contacto de su torso desnudo, su tenue aroma a lavanda. Me maravilla que un hombre tan atractivo me desee con tal fervor. El fijador ha desaparecido y el flequillo le cae a un lado. Debería hacerle una foto, aunque estoy segura de que mi cerebro revivirá este momento un millón de veces en el futuro.

Tengo las manos de Bruno en la cintura. Mientras le doy la espalda tira de mi trasero hacia su boca, está sentado en el taburete y ha liberado su pene que me espera. Su lengua recorre la parte baja de mi columna hasta el coxis mientras Alex no ha dejado de besarme. Bruno sigue tirando de mí, poco a poco, hasta tenerme justo sobre él, me baja las bragas para tener espacio y con un tirón seco hacia abajo me penetra y me coloca sentada encima de él.

—¡Ohhh!

No puede ser que el miembro de Bruno sea más grande, lleva dieciséis años entrando y saliendo de mí. Sin embargo, esta noche me parece que me llena y me desborda de una manera que no recuerdo.

Los movimientos de su pelvis son imperceptibles, pero el placer se intensifica poco a poco, con una onda expansiva. Alex nos observa y me pregunto, ¿qué va a hacer? Se agacha mirándome a los ojos, me quita las bragas haciéndolas resbalar hasta mis tobillos; luego levanta cada uno de mis pies para sacarlas y se queda delante de nosotros, entre mis piernas.

Bruno no le quita ojo, ya he comprendido que el compartirme con Alex eleva su excitación a cotas insospechadas, incluso para él. Se diría que al yanqui le pasa lo mismo por cómo nos mira, absorto, como si observara un milagro. Y entonces acerca su cara a mi sexo, respirando en él.

Si no me da un infarto ahora mismo, es que puedo sobrevivir a cualquier cosa.

El primer lametazo de su lengua combinado con la embestida de Bruno me hace gemir tan fuerte que enseguida bajo la voz por pudor.

—Ahhh.

¡Dios mío! Demasiado intenso. Bruno y yo esperamos el siguiente movimiento anticipando el placer, el segundo lametazo me recorre el clítoris hacia abajo rozando levemente el pene de Bruno.

—¡Ohhh! Dios.

El alarido de placer de Bruno me deja congelada. Alex prosigue su tortura sobre mi sexo mientras Bruno intensifica el ritmo de sus movimientos; la lengua de Alex se demora en mi clítoris volviéndome loca y me voy a correr otra vez. Mi cuerpo se prepara para estallar, esto no hay quien lo aguante, pero es Bruno el que pide la tregua.

—Para, para, sal que me corro.

Mientras Bruno se levanta, Alex se pone un condón que parece haber salido del bolsillo de su pantalón, libera su miembro y se lo coloca. Me empuja por detrás hacia el taburete pidiendo permiso a Bruno con los ojos.

Le obedezco apoyando los brazos en el taburete y me toma por detrás; solo penetrarme, solo el hecho de tenerle dentro es suficiente para llevarme al borde del abismo.

—Oh, Johanna, Johanna.

Aprieto los músculos de mi entrepierna intentando tener más control y de repente me preocupa que Bruno esté solo y lo busco con la mirada. Bruno está conmocionado, no puede apartar sus ojos de la escena que tiene delante. Se acerca al taburete por delante y me ofrece su pene para que se lo chupe, pero no sé si puedo porque me estoy deshaciendo. Abro la boca todo lo que puedo y saco la lengua entre jadeos, solo tocar la punta con mi lengua, se retira y se corre entre gritos.

—Ahh.

Alex intensifica el ritmo y me penetra con furia, veo a Bruno desnudarse completamente y servirse otra copa mientras nos observa. Lo veo a través de una nebulosa porque soy como una autómata, estoy rendida al placer que se expande como olas del mar a través de mi cuerpo en un vaivén.

Siento su espalda sobre la mía y sus manos agarran mi clavícula con demasiada fuerza. Cada embestida es una ola que crea su propia onda expansiva y una ola se junta con otra.

—*Johanna, come for my baby.* [Johanna, córrete para mí, nena].

Es cuando Alex me pide que me corra que me doy cuenta de que es a él a quien tengo dentro y busco a Bruno con la mirada. Lo encuentro junto a mí con su copa en la mano y me susurra al oído «Te quiero» y me corro gritando. Tengo lágrimas en los ojos y me atraganto y toso, tengo que incorporarme para poder respirar y me abrazo a Bruno sintiendo a Alex abrazarme por detrás jadeando aún.

—Ya, ya cariño. Bebe un poco.

—*Are you* OK*?*

Las piernas no me responden, estoy helada; el cuerpo caliente por dentro, helado por fuera, lágrimas que me resbalan. Alex me acerca una toalla gigante y mullida que tiene para la piscina y me la pone por encima, me besa con un beso profundo. Mientras oigo que Bruno se tira a la piscina dejando que sea Alex quien se ocupe de mí.

—*I wanna thank you, baby. It's been amazing, overwhelming! Thank you so much.* [Te lo agradezco, mi niña, ha sido increíble, ¡abrumador! Muchas gracias].

Coge su copa, se acerca a la piscina, la deja en el borde y se tira de cabeza. Imagino que la piscina está climatizada, a mí no me apetece.

Me quedo mirando a mis chicos en el agua, conversan en voz baja con la copa en la mano, relajados. Qué habrá querido decir Alex, «quiero agradecértelo, cariño, ha sido asombroso, abrumador, muchísimas gracias». Ahhh, estoy que me caigo, ya lo pensaré mañana. Se me saltan las lágrimas de nuevo, no es tristeza, ni tampoco felicidad, es algo entre medio o las dos cosas.

Entro en el apartamento y localizo un sofá; no tengo sueño pero estoy como ausente, colgada. Me estiro en el gran sofá de alcántara y me quedo con los ojos cerrados en estado de alerta con el cuerpo en peso muerto, no me puedo mover.

—Alex, trae algo seco, se está enfriando.

—¿Una *T-shirt*?

—Sí, cualquier cosa.

Noto que alguien me viste y me coge en brazos, lo oigo todo, pero no puedo abrir los ojos apenas porque ahora sí estoy muy cansada y tengo mucho sueño. Alex y Bruno hablan susurrando con mucho cariño.

—Mi marmotita tiene sueño.

—Deja, yo llevo, *please*.

Estoy en brazos de alguien que me besa la frente, los párpados. Estoy en una cama, huele a lavanda, tengo sueño.

—¿Dónde tienes esos documentos?

—En despacho.

Silencio.

Hotel Lindbergh
Barcelona, martes 26 de noviembre, 10.30 h

Hay demasiada luz para dormir. Intento mantener los ojos cerrados, pero debe de ser muy tarde. Poco a poco acomodo mis ojos a la claridad, uno lo mantengo siempre cerrado, el otro poco a poco intenta situarse, pero no reconozco donde estoy, hay demasiada luz.

Me doy la vuelta mientras mi consciencia se va despertando, Bruno está a mi lado en esta cama confortable e inmensa. Si estoy con Bruno, todo está bien. Me giro desperezándome... Espera un momento, aquí hay alguien más.

¡Oh Dios!

No puede ser, no quiero mirar. Giro la cabeza poco a poco. Efectivamente, tengo a Lindbergh desnudo a mi lado.

¡Ay Dios! Calma, respira. Me incorporo lentamente como un vampiro en su ataúd, con los brazos cruzados sobre el pecho como si un mecanismo automático se accionara. Intento ocupar el menor espacio posible para no rozarlos, para no despertarlos.

Sentada en la cama entre los dos, examino la situación: Alex y Bruno desnudos, yo en medio. Me escurro gateando en línea recta por la cama, muy despacio. Cuando llego al borde me dejo caer como en un tobogán, deslizando primero los brazos hasta que llegan al suelo, luego el resto del cuerpo para no hacer un solo movimiento más de la cuenta. Y, sobre todo, no despertarlos.

Llevo una camiseta de rugby inmensa que me queda como un camisón, estoy segura de no llevar bragas. Comprobado, no llevo bragas. Contemplo la escena desde la puerta, duermen cada uno en un lado de la cama: Lindbergh, en posición fetal; Bruno, de espaldas con las piernas abiertas exponiendo su hermoso trasero. La cama es inmensa, no *king size*, más bien campo de fútbol *size*.

En la habitación no hay nada más, solo la cama y su cabezal de seda que ocupa media pared. Hay dos puertas correderas, no hay mesitas de noche, ni cómodas, ni televisión, no parece haber nada más que el parqué *déco* con un diseño geométrico.

Los colores predominantes en la estancia son arena y jade. Hay un mural con una escena erótica japonesa justo enfrente de la cama, un ventanal de cristal y hierro que da a la terraza con una puerta lateral. La cortina de color jade trasparente está corrida a un lado; deben de ser las once, por eso hay tanta luz.

¡Dios mío, qué he hecho! ¿Y por qué?

Calma, lo primero que he de hacer es localizar mi bolso y, a poder ser, mis bragas. El bolso está donde lo dejé al llegar, sobre la mesa de café. Empiezo a recordar retazos de la noche anterior: la cena, el espectáculo, el cóctel, todo va tomando forma.

De las bragas y de mi ropa, ni rastro. Recuerdo haber visto un cuarto de baño de cortesía junto al despacho de

Lindbergh. Me dirijo hacia él con el bolso en la mano, descalza. Tengo algún resto de maquillaje de ojos en plan *femme fatale,* pero es más bien poca cosa, no es tan grave, unas leves ojeras que son bastante habituales. Por lo demás, tengo buen aspecto.

En el bolso siempre llevo toallitas desmaquilladoras. Cojo una y la utilizo para limpiarme la cara, luego para refrescarme las axilas, incluso uso otra para refrescar mis zonas íntimas que, por otro lado, parecen estar intactas pese a la frenética actividad de anoche.

¡Qué hemos hecho! Será mejor olvidarlo lo antes posible, pasar página, como si no hubiera ocurrido. Me preocupa la reacción de Bruno, no tengo ni idea de por dónde me va a salir. ¿Y si se despiertan y se pelean? Me lavo la cara con agua y con el omnipresente jabón de lavanda de Lindbergh, en un intento de espabilarme lo más posible.

Vuelvo al salón y echo otro vistazo a la habitación: siguen los dos en la cama durmiendo como bebés, relajados. La silueta de pantera de Alex más bien parece un gatito desvalido, tan delgado con sus largos músculos. ¡Bueno, basta de admirar el paisaje! ¿Qué hago ahora? Café, eso es lo que necesito, seguro que en la cocina hay café.

Encuentro la Nespresso con cargas de todo tipo de aromas. Yo solo tomo *ristretto,* sin azúcar. Mientras la cafetera se pone en marcha miro en la supercocina a ver qué encuentro. Solo hay cereales, cacahuetes, tortillas mexicanas y alguna salsa, galletas de chocolate caducadas. Cuando estoy empezando a enfadarme por el desastre de alimentación que me estoy imaginando que debe de ser la dieta de Mr. Wonderful, recuerdo que estoy en un hotel, por lo que Alex solo tiene que pedir servicio de habitación para comerse una ensalada sana y nutritiva. No hay de qué preocuparse.

El café despierta mis sentidos. Descuelgo el auricular del inalámbrico Bang & Olufsen que parece un vibrador de última generación. No sé muy bien qué tecla tengo que pulsar, pero no importa porque enseguida contesta una voz femenina.

—Buenos días, Mr. Lindbergh, ¿ya puede recibir llamadas? ¿Le paso con Roberto?

—Ehh, esto, soy Johanna Mayer, el señor Lindbergh aún no está disponible.

—Bien, señora, ¿en qué puedo ayudarla?

—Desayuno para tres, por favor, bocadillos pequeños de ibérico, cruasán, zumo de naranja y lo que sea que el señor Lindbergh tome.

—Cereales, señora, con leche de soja.

Buaj, eso suena fatal, este hombre no sabe lo que se pierde.

—Olvide los cereales, ponga algo de fruta, plátanos y mandarinas… Y, por favor, déjenlo junto al ascensor, aquí todos duermen.

—Bien, señora, enseguida.

—Gracias.

Tal como cuelgo suena el teléfono.

—Dígame.

—Johanna, soy Roberto, el señor Lindbergh tiene todas las llamadas restringidas y ha pedido que no se le moleste. ¿Va todo bien? Estoy preocupado.

—Roberto, si el señor Lindbergh bloquea sus llamadas imagino que tendrá sus motivos. Todo va bien, pero aún no está disponible.

—Bien, señora. Por favor, dígale que se ponga en contacto conmigo lo antes posible.

—¿Hay alguna urgencia, Roberto?

—No, no, en absoluto.

—Bueno, pues entonces Alex te llamará cuando le vaya mejor. ¡Una fiesta magnífica!

—Gracias. Me alegro de que todo haya ido bien. ¿El señor Lindbergh se encuentra bien?

—Sí, Roberto, no te preocupes. Todos estamos bien...

Cuelgo. Me doy cuenta de que he estado hablando casi en voz baja como si tuviéramos un gran secreto. Oigo ruido en la otra sala. El ascensor. Debe de ser el desayuno. Vuelvo a la habitación de Alex y echo una ojeada desde la puerta; todo igual, duermen como bebés.

Junto al ascensor han dejado una mesa camilla con el desayuno bastante más abundante de lo que recuerdo haber pedido: hay yogures bio, uvas, kiwis, queso fresco, *bagels* con semillas de amapola, *muffins*. Todo tiene un aspecto exquisito. Y han incluido la prensa, *El País*, *The New York Times*, el *Financial Times*...

Empujo la camarera hasta el *office* de la cocina y dispongo la mesa. Sirvo el zumo de naranja y coloco los platos y tazas en la mesa redonda lo más separados posible para que no estemos muy juntos. Una vez está todo listo me impacienta tener que esperar más. Cojo un cruasán pequeño de chocolate y me hago otro café.

Les debe de haber llegado el aroma a café porque se han despertado. Oigo ruidos en la habitación, están hablando. Me quedo congelada pensando en que voy a oír gritos, una pelea, pero lo que oigo son risas. ¿De qué se ríen?

Hay movimiento, se oyen cajones abrirse y más risas. No me parece que tenga gracia. Pienso en acercarme a ver qué ocurre, pero me quedo donde estoy sorbiendo mi café. Quizá debería actuar como si no hubiese pasado nada, como si me hubiese levantado con amnesia y no recordara nada. Pero no es así, retazos de la noche anterior invaden mi cerebro y me erizan el vello. Intento apartarlos y vuelven de forma inesperada sin que yo pueda evitarlo. Aún siento la sensualidad de anoche impregnada en mi cuerpo.

Ahí están. Bruno aparece con una sonrisa, recién duchado, sin afeitar, con sus pantalones, pero con otra camiseta y descalzo. Alex, también recién duchado y afeitado, con el pantalón del traje chaqueta y la camisa abierta sobre una camiseta interior de tirantes, pero con los calcetines y los zapatos ya puestos. Bruno se acerca a mí.

—Buenos días, cariño.

Acerca su cara a la mía, en vez del clásico beso en la mejilla me da un morreo rápido y se sienta a la mesa.

—*Morning, dear* —me dice Alex. Se acerca y me besa en la boca con lengua y todo, sabe a pasta de dientes. A Bruno le parece de lo más gracioso, Alex se sienta con una sonrisa triunfal. Están frescos, guapos y contentos.

¿Soy la única que se siente incómoda? Eso parece. Los veo desayunar en silencio, con naturalidad, aunque de vez en cuando me miran furtivamente, atentos a mis reacciones.

—Bruno, tú coge coche para ir a aeropuerto yo tengo *meeting*.

—Roberto ha llamado, quiere que le llames aunque no es urgente.

—Roberto estar despedido.

—Opino lo mismo —dice Bruno.

—Vamos, chicos, no es para tanto, no ha pasado nada.

—Aunque yo estar agradecido por noche… —dice con una sonrisa seductora de voy a comerte—. Yo no puede tolerar.

—Pero solo con que hables con él, seguro que entiende.

Me corta levantando una mano para indicarme que no hay discusión posible.

—¡Yo no confiar!

—Estoy de acuerdo.

—Cállate ya, Bruno, por favor —suelto exasperada. Ahora se van a empezar a dar la razón en todo el uno al otro, en plan camaradas. Y encima salen aquí, como si todo fuera normal, desayunando, tan tranquilos los dos, como si fuera de lo más habitual. Buenos días, cariño; *good morning, darling…*

¡¡¡Hola!!! ¡¡¡Bruno!!! ¡Que se ha follado a tu mujer!

Y, entonces Alex se levanta, se prepara un café corto y se lo bebe de pie de un trago, sin azúcar ni nada. Parece tener prisa y otras cosas en la cabeza. Se acerca a Bruno y le pone la mano en el hombro apretando con cariño.

—Coge coche, luego recojo.

Y viene hacia mí y se agacha acercando su cara a unos centímetros de la mía.

—Estoy loca por ti —me dice y yo miro a Bruno, que sonríe.

—Quieres decir loco.

—Sí, loco, por ti, *completely*.

Me está mirando a los ojos y yo sigo bloqueada, no sé si conseguiré salir de él o si voy a vivir en permanente estado leve de *shock*. ¡Y ahí va! Otro beso profundo con lengua invadiendo mi boca, apretando con la palma de la mano mi nuca y llevándome hacia él para hacerlo más intenso. Me está poniendo a cien. ¡Bueno, ya basta! Lo aparto y me levanto.

—No sé a qué estáis jugando vosotros dos, pero se tiene que acabar. ¿Dónde está mi ropa?

—La tengo controlada, Johanna. Ve a ducharte…, te sentará bien.

—Bien.

Me alejo y entro en la habitación de Alex en busca del baño, pero antes me paro tras la puerta a escuchar. No les oigo bien porque hablan en voz baja, no oigo nada. ¡Qué frustrante! ¿Por qué me siento como si hubiera una conspiración contra mí?

Una ducha me sentará bien. El baño de Alex tiene vistas a la terraza, es luminoso, y ahora mismo me parece lo mejor de la casa. También es de color arena y jade. El tenue olor a lavanda impregna todo el espacio.

Es un baño muy moderno, predomina la piedra rugosa en tono terroso claro, tanto en la bañera como en la gran ducha para dos personas porque tiene dos alcachofas a cada lado. Curioso. Y pienso, ¿se habrán duchado juntos? No han tardado nada...

Me meto en la ducha y, bajo el agua caliente, me olvido del mundo. Un ligero sentimiento de pérdida se ha apoderado de mí desde hace unos días, una leve melancolía parecida a una gripe que me hace estar un poco chafada cuando no estoy concentrada o alerta. Si estoy activa, no la noto.

Cuando salgo tengo mi ropa encima de la cama. Me pongo el vestido de ayer y la chaqueta, sin medias, las bragas no han aparecido. Vuelvo a la cocina y Bruno está listo con la americana puesta y las llaves en la mano.

—¿Has visto mis bragas?

—Las tengo en el bolsillo, mejor sin... ¿Quieres que baje a comprar unas?

—No, ya me las apaño, este vestido no es tan corto.

—Pero no podemos pasar por casa ahora, hay que ir a buscar a Jurgen. ¿Quieres que vaya yo y te dejo en casa? O le decimos que coja un taxi.

—No, compraré unas en el aeropuerto.

—¿En serio crees que Alex debe despedir a Roberto?

—¡Sí!, pero Johanna, no hablemos de eso ahora; francamente, no es asunto nuestro. Vamos.

Llamamos al ascensor y creo que siempre será una sorpresa para mí ver al ascensorista de los años cuarenta al abrirse las puertas. Esto de vivir en un hotel tiene una cierta falta de intimidad.

—Buenos días, señora Mayer. Señor.

Vaya, soy famosa, lo que me faltaba.

—Buenos días, al garaje por favor.

—Verá, señora, el garaje no se encuentra en el mismo edificio, sino en el contiguo. ¿Quiere que la acompañe alguien?

—No, gracias, lo encontraremos.

Llegamos a la recepción. Ni rastro de Roberto, es un alivio. Una recepcionista de moño alto y sombrerito se me acerca.

—Buenos días, el señor Lindbergh ha dado instrucciones para que cojan su coche. Si esperan en la puerta principal se lo traerán en un momento.

—Muy amables, gracias.

Este debe de ser el encanto de ser rico, todo a tu disposición cuando desees, sin inconvenientes ni esperas; imagino que es adictivo. La mañana está ligeramente nublada, sigue sin hacer frío. Y ahí está el Porsche Panamera de Alex; he de reconocer que es un coche espectacular.

Bruno se lo agradece al chico del aparcamiento con una propina, está exultante solo de pensar que va a conducir semejante trasto. A mí me hace gracia, es como un niño abriendo sus regalos la mañana de Navidad. No voy a ser yo quien le estropee el momento.

Nos subimos al coche y, tras unos minutos estudiando las funciones del vehículo, Bruno arranca en dirección a las Ramblas y al aeropuerto por la ronda litoral. Una vez en la autopista pisa gas, y suelta un silbido de admiración,

—¡Uaaah, Johanna, qué gozada! ¿Quieres que te lo deje a la vuelta?

—No, cariño, a mí no me hace tanta ilusión, aunque reconozco que es una maravilla. No vayas muy rápido.

—No te preocupes, controlo.

El vuelo de Zúrich llega puntual, Jurgen no viene en él. Le llamamos a su móvil, pero no contesta; le enviamos un mensaje y decidimos averiguar si tenía billete. Tras discutir varios minutos en el mostrador de la compañía *low cost*, Bruno consigue que miren la lista de pasajeros, Jurgen tenía billete pero no ha cogido el vuelo.

Volvemos a casa ligeramente preocupados, aunque sin darle demasiada importancia. Al fin y al cabo, Jurgen es un ser caótico y puede cambiar de opinión en cualquier momento.

Mientras Bruno conduce, envío un mensaje a Alex por si Jurgen ha contactado con él. Me contesta enseguida que no sabe nada. Aprovecho que tengo el móvil en las manos para chequear el correo de Artistik. Parece que Lola se está ocupando de todo porque mi correspondencia está abierta y contestada.

—Bruno, ¿por qué no me dejas en casa? Comeré algo rápido y luego iré a buscar a Maya al cole.

—Puedo subir y prepararte algo.

—No, gracias, me haré una tortilla. He desayunado bastante, es solo que quiero cambiarme y me apetece dar un paseo con Maya.

5

Es buena gente

Jueves, 28 de octubre, Artistik, Barcelona, 13.15 h

Han pasado unos días desde la noche de la fiesta y no sabemos nada ni de Lindbergh, que no ha venido a recoger su coche, ni de Jurgen. Nuestra vida ha vuelto a su rutina habitual y nosotros prácticamente no hemos hablado del incidente del lunes. En la escuela todo está tranquilo y el curso especial de cómic que hemos lanzado ha tenido más éxito del que esperábamos.

Estoy en el despacho de Bruno intentando encontrar huecos para ampliar el nuevo curso. Bruno ha macerado pollo para hacer un plato indio con salsa tikka masala, arroz y pan naam. Ha invitado a Natalia; comen juntos muchas veces, se lleva muy bien tanto con ella como con su marido. A veces he sentido una punzadita de celos por la complicidad entre Bruno y Nat; ella también es cocinitas y se entienden, aunque diría que es más amiga mía que de él.

No creo que a él le haga confidencias. He visto llorar de pura rabia a Natalia por cuestiones relacionadas con su exmarido y su hijo. Es más abierta ella conmigo que yo con ella. Aunque no me extraña, yo no me permito hablar de mi vida con nadie excepto con Bruno, él no lo soportaría, es muy celoso de su intimidad y no quiere que explique nada nuestro a nadie, ni a mi hermana ni a nadie. A estas alturas ya forma parte de mi manera de ser, más bien reservada.

De todas formas, ¿cómo iba a contar a alguien lo que me ha pasado? No hay nadie a quien le tenga tanta confianza; mi hermana se preocuparía, a mi madre ni en broma. No suele entender absolutamente nada de lo que se refiere a mí y hasta igual me diría que me fuese con el yanqui, que tiene más dinero. En fin.

Parece que Bruno ha terminado de cocinar porque no oigo la música en la cocina. Sale por la puerta y se me acerca por detrás para darme un beso en la mejilla. Últimamente está de un humor excelente, quizá sea por el Porsche de Lindbergh, eso le hace bastante feliz.

—¡Espero que tengas hambre! Esto tiene una pinta deliciosa, he hecho la mezcla de especias yo mismo y he añadido garam masala que me ha enviado Joseph de París.

—Joseph, el bloguero parisino, ¿cómo está?

—Celoso. Mi Facebook revienta...

—Normal, no es ni la mitad de guapo que tú.

—¡Exacto! Tú sí que me entiendes.

Realmente está de un humor espléndido estos días. Todo le va bien, nada le agobia, y está bien dispuesto a todo e incluso está un par de grados más cariñoso que de costumbre en su escala de mimos.

Si no tuviese toda la información pensaría que tiene una aventura o quizás es realmente por el coche, tal vez debería comprarle uno ahora que puedo. Me pongo una nota con disimulo en el iPad para que me recuerde mirar en Internet qué vale un bicho Panamera de esos y, sí es posible, descapotable.

Suena el teléfono, el de Artistik. Bruno me mira como pidiendo que conteste. Contesto. Lola me dice que es Alexander Lindbergh.

—Buenos días, Alex, ¿qué tal?, ¿cómo estás?

—Pienso en ti.

—Ya. ¿Y qué piensas?

—¿Está Bruno?

—Sí, lo tengo delante.

—*Please, tell him I wanna be with you both again, soon, today* [Por favor, dile que quiero estar con vosotros dos otra vez, pronto, hoy mismo].

—¡Alex!

—Johanna, ¿qué dice?

—¿Que qué dice? El señor Lindbergh dice que quiere repetir, con los dos a la vez, hoy a poder ser. Ya ves, tiene prisa y quiere follar básicamente.

Bruno suelta una carcajada. ¡Maldita la gracia!

Se incorpora y conecta el manos libres y me pide con un gesto que me acerque a él. Mientras lo hago, la voz ronca y sensual de Lindbergh invade la estancia erizándome la piel.

—*Ever since I saw you, Johanna, I just wanna hold you and kiss you, I just can help it. The other night was... amazing* [Desde que te vi, Johanna, solo quiero abrazarte y besarte, no puedo evitarlo. La otra noche fue... increíble].

Intento protestar, Bruno me pide silencio poniendo su dedo índice sobre mis labios. Se me han puesto duros los pezones con esa voz tan sensual.

—*I see traces of you everywhere and I don't know... it has taking me by surprise. Johanna, believe me* [Te veo por todas partes, y no sé..., me ha cogido por sorpresa. Johanna, créeme].

Bruno escucha atentamente y, aunque no sé si entiende todo lo que nos dice, es evidente que le excita. Además, se ha dado cuenta de que mi piel reacciona y me acaricia los pezones por encima de la ropa.

—*Bruno, she's so sweet, so rare!* [Bruno, ella es tan dulce, ¡tan especial!].

Bruno me coge en brazos y me sienta sobre la mesa, ya tiene la mirada de cazador clavada sobre mí, está muy serio. El corazón se me acelera y noto mi sangre bombear en todas direcciones, estoy mojada.

—Tienes razón, Alex, es preciosa.

Bruno aspira sonoramente sobre mi cuello.

—Y huele a vainilla.

—*Vanilla? Oh, man, don't do this to me.* [¿Vainilla? Eh, tío, no me hagas esto].

Se hace un silencio. Me remuevo para soltarme, Bruno me tiene aprisionadas las manos y con su nariz en mi cuello espera pacientemente a que Alex quiera jugar. Se oye un suspiro en el teléfono.

—*Ok! There we go.* ¿Qué *llevar* puesto Johanna?

—Oh, pues una blusita transparente y una falda larga.

—Quita blusa.

Intento protestar.

—Bruno, yo…

—Shhh.

Bruno me hace callar y no me quita la blusa, solo me la levanta hasta el cuello.

—*Hush, baby, please.* [Calla, nena, por favor]. ¿Qué tú ver Bruno?

—Mmmmh. Veo unos pechos maravillosos y unos pezones duros como…

—*Bullets?*

Bruno me mira como diciendo «no entiendo».

—Como balas. ¡Ahhh! —respondo mientras Bruno mordisquea mis pezones por encima del sujetador—. ¡Ohhhh!

—*What is he doing, Johanna?* [¿Qué está haciendo, Johanna?].

Bruno me apremia a que conteste. Me ha retirado un poco el sujetador y sigue dando mordisquitos a mis pezones y yo me estoy deshaciendo.

—¿Johanna?

Noto la urgencia de Alex en su tono seductor.

—*He's biting my niples.* Ahhh. [Me está mordiendo los pezones].

—*Oh, God!* Sube falda.

Bruno la sube.

—Ya está.

—Quiero saber si *wet*, eh, *mohada.*

¿Mojada? Francamente no entiendo como no me resbalan las bragas hasta el tobillo. Bruno me mete la mano en la entrepierna.

—Oh, nena, estás muy caliente.

—¿Caliente? —suelta Alex.

—*Horny* —dice Bruno con voz ronca y una sonrisa triunfal. Vaya, mira por donde, esta se la sabe.

—*Oh, man, stop it.* Yo venir aquí será un momento.

—No llegas.

No llega ni de coña.

—Bruno, *mi* sentir más vivo que nunca. Lo que nosotros hacer no malo.

Se está poniendo trascendental, pero ya no me puedo concentrar porque Bruno está jugando con mi botoncito.

—No, yo tampoco creo que sea malo —le contesta Bruno justo cuando entra Natalia toda pizpireta.

—¡¡Hola, chicos!!

En una doble maniobra fruto de la práctica de tener una niña pequeña por casa, Bruno me baja la falda y la blusa al mismo tiempo y con toda naturalidad le indica a Natalia que estamos al teléfono.

—¡Ostras! Disculpad.

—Alex, te llamo en otro momento.

—OK.

—Te envío *e-mail* con *information, for you,* Bruno.

—Bien, ahora me lo miro.

Bruno no me quita ojo.

—Johanna, ¿estás bien? Estas pálida...

—Pues ahora que lo dices, Nat, estoy algo mareada, creo que me voy a estirar un poco.

Cojo mi iPad, no quiero perderme esa información que dice Lindbergh que nos envía...

—¿No tienes hambre?

—Solo dame un momento, nuestro socio es tan intenso...

—Bueno, a ver cuándo vamos por ahí a quemar la ciudad con Mr. Perfecto.

—Quizás en la exposición, estoy casi segura de que vendrá...

—Jou, claro que vendrá, lo has invitado.

—¿Qué tiene de malo Lindbergh, Johanna?

—Bueno, verás, es de esas personas que se meten en tu vida y, como te descuides, se te meten también en la cama.

Bruno carraspea y me mira divertido como diciendo: ¿estás segura de que quieres ir por ahí?

—Un manipulador, ¿no? Bueno, Jou, quizás el señor Lindbergh se siente solo...

—De eso no hay duda, pero que se busque una familia.

—Venga, Jou, estás siendo injusta y más si piensas que Alex perdió a su mujer... —dice Bruno, parece que todo el mundo defiende al americano.

—Pues, por lo que me dijo, me parece que no la quería; fue muy ambiguo, pero esa es la sensación que me dio.

—¡Estás diciendo tonterías!

—Bueno, vale, no vamos a discutir por él. ¡Vamos a probar ese delicioso pollo con salsa tikka masala!

Y mientras yo me quedo estirada revisando el correo, ellos se van hacia la cocina a poner la mesa. En la bandeja de entrada hay un correo de Alexander, en el asunto solo dice Bruno & Johanna; no hay ningún texto, solo un documento adjunto. Lo descargo y lo abro. Me parece increíble, nos ha enviado unos análisis de sangre hechos hace dos días donde hay una lista de negativos en sida, sífilis, gonorrea, candidiasis... Francamente, es bueno saber que alguien con quien te has acostado está limpio, pero su insistencia me abruma.

No me he dado cuenta de que tengo detrás a Bruno, pero su risilla de sorpresa lo ha delatado.

—Vaya, nos ha enviado sus análisis.

—¿No crees que está un poco obsesionado?

—Hablaré con él, no te preocupes.

—Lo que me preocupa es tu actitud.

—Yo no tengo una actitud, no doy vueltas a las cosas, y si algo me gusta o me pone, simplemente me dejo llevar.

—¡Ah, magnífico! Tú fluyes ¿eh? Te dejas llevar... Pero tenemos una familia. ¿Y Maya?

—Johanna, Maya no tiene nada que ver con quién follemos. ¡Vamos a comer! Últimamente estás un poco histérica.

—No sé, pensé que te conocía mejor.

—¡No seas hipócrita, te he visto con él! ¿A quién pretendes engañar? Te halaga lo que siente por ti, está enamorado.

—No digas estupideces. En todo caso, lo estará de ti.

—Te puedo asegurar que Alex no es gay ni bisexual.

—¿Y tú cómo lo sabes?

—Primero, porque tengo un sexto sentido como tú ya sabes. Y, segundo, yo no le hubiera dejado acercarse tanto a mí...

—Él no...

—Bueno, vale ya, ¡dejémoslo! Vamos a comer y démosle un poco de tiempo a todo esto.

Durante la comida Natalia nos ha estado contando vicisitudes de su empresa de ropa, habla y habla sin parar, creo que nadie la escucha. Cuando se va con cierta prisa, Bruno y yo nos quedamos a tomar el café en silencio. Me siento un poco mal por la discusión. Bruno tiene razón, estoy siendo hipócrita.

Qué mujer no se sentiría halagada y atraída por la intensidad de Alex, incluso es probable que esté enamorada. Pero es la actitud de Bruno al respecto lo que me confunde, el hecho de que seamos tres.

Me acerco mirándole a los ojos y los dos sabemos que es una disculpa por mi parte. Me recompensa con la mirada más tierna, esa que dice «Anda, ven aquí, tontita» y me siento sobre él encarándole mientras me levanto la falda larga y vaporosa que llevo. Hundo el rostro en su cuello y permanezco así unos segundos sintiendo como por arte de magia un bulto que va tomando forma debajo de mi sexo. Así es como debe ser, yo me acerco a mi hombre y él tiene una erección.

—Así que no te has vuelto gay de repente.

—¡Noooo!

—Bueno, no sé, ¿os habéis duchado juntos…?

—Sí.

—Y la tiene grande.

—¿La ducha? Sí, es muy grande.

Bruno me ha desabrochado la camisa y tiene su cara entre mis pechos, con su lengua dibuja círculos de saliva sobre mis pezones.

—Cierra la puerta con llave, por favor.

—Oh, pensaba que estaba cerrada.

Me levanto a cerrar la puerta y cuando vuelvo ya tiene los pantalones por los tobillos y los bóxer a medio muslo.

—Ven aquí, niña mala.

Su voz tiene esa tensión sexual, aunque creo que está enfadado, es más grave, más seco. Me desabrocho la falda, la dejo caer hasta los tobillos y me lo quedo mirando desafiante.

—Te estoy esperando y no tengo todo el día —me indica. Me acerco y le ofrezco la boca para que me bese. Su miembro erecto me hipnotiza y dudo entre besarle a él o metérmelo en la boca. Opto por su boca, me retira la cara.

—Nada de besos.

—¿Qué quieres decir?

—¡Sube aquí!

Me coge con fuerza y me hace sentarme encima de él. Yo misma me retiro las bragas hacia un lado, estoy completamente húmeda y lista para ser penetrada.

Con un movimiento brusco tira de mi hacia abajo y me penetra con fuerza. Ahhh. No me deja moverme y me mantiene así sin cadencia, sin dejarme balancearme sobre él, atrapada.

—¡Bruno, más!

—Shhh. No quiero oírte.

Busco su boca, me la aparta. Intento provocar la fricción, no hay forma, me tiene inmovilizada por los brazos. Cuánto tiempo más piensa tenerme así, ¿minutos?, ¿horas? Y, entonces, muy serio, mirándome a los ojos, me levanta a pulso un palmo por encima de sus muslos y luego tira de mí de nuevo y me clava a él con toda su fuerza. ¡Ooohh!

Se queda quieto. Vuelve a dejarme así sin cadencia, sin movimiento, mientras una ola de placer me recorre el cuerpo y crece y crece. Creo que me podría correr ya, intento recomponerme y retrasarlo sin demasiado éxito porque vuelve a levantarme otro palmo por encima de él y me ensarta de nuevo con un movimiento rápido y seco.

No recuerdo esta versión, está claro que es sexo con enfado de intensidad media. Me encanta. Ahora levanta el trasero de la silla unos centímetros conmigo sobre él, y pienso que es mi momento para lograr cierta fricción, pero se deja caer impactando contra el asiento. ¡Ahhhh! El efecto es demoledor, se ha insertado más en mí y el rebote provoca ondas expansivas de felicidad que me hacen temblar.

Repite el movimiento una vez más, se levanta y yo me

agarro a él como un koala. Se deja caer impactando contra el asiento y ¡Aaaooohhh! Me corro gritando su nombre mientras él mueve la pelvis apenas tres veces más, en movimientos muy suaves y también se corre provocando otra ola de placer en mi interior.

Permanecemos abrazados un rato recobrando el resuello, algo sudados, mi cara sobre su pecho. Intento besarle y me corresponde con mucho cariño, cogiendo mi cara entre las palmas de sus manos en un beso tranquilo.

¡Todo está bien! Soy una hipócrita.

—¿Me quieres?

—No, ya lo sabes.

¡Estamos bien!

Barcelona, lunes 2 de noviembre. Yoga One

Me gusta llegar de las primeras a mi clase de yoga y coger un buen sitio, me gusta meditar un rato y encontrarme ya en el estado mental adecuado para cuando la clase empiece; por eso, a veces me impaciento si alguien me da conversación en el vestuario mientras me cambio antes de entrar.

Hoy una señora hablaba y hablaba, me he librado de ella con la excusa de que necesitaba ir al baño urgentemente. Bruno tiene razón cuando dice que tengo un gen antisocial, es verdad, necesito de poquita gente.

Me siento en posición de loto en la gran sala de parqué cerca de la tarima de la profesora. Todavía hay pocos alumnos. Cierro los ojos e inicio una respiración larga y profunda, intento aislarme. Aunque sigo recibiendo imágenes de aquella noche que desde hace días me asaltan. Las dejo pasar, me aíslo.

—¡Namasté!

Una voz grave y suave a mi espalda. ¡Esto es indignante! Regla número 1 del yoga: no molestar a alguien que está meditando. Y aunque siento una presencia, justo detrás de mí, me hago la sueca. Al fin y al cabo estoy meditando y no percibo lo que hay a mi alrededor... ¿Qué querrá este tío? Debe de ser nuevo.

—¡Namasté, Johanna!

¡No puede ser! Tiene que ser una broma. Abro los ojos y giro el cuello en dirección a mi interlocutor y... se me congela el alma.

¡Alexander! Tiene que ser una broma. Soy incapaz de reaccionar, ahí está con unos pantalones cortos, muy muy cortos y una camiseta de tirantes gris del equipo de remo de Yale, descalzo, bueno claro como todos.

Me levanto, en silencio, cabreada, muy lentamente, intentando dominar los nervios. ¡Aquí no puede estar!

—Alex, tienes que irte, no puedes estar aquí.

—*It's a free country.*

—Será un país libre. Aun así, elige: o te vas tú ahora mismo o me voy yo. Pero de todos los sitios del planeta aquí no puedes estar.

—No entiendo.

—¿No entiendes? Este es MI refugio, aquí solo puedo estar YO, ni Bruno, ni Maya y mucho menos tú.

¡Vale! Me he pasado con el tono, se ha enterado todo el mundo. La clase se ha ido llenando y nos miran. Bueno, miran a Alex y no me extraña, no recordaba que tuviera un cuerpo tan perfecto: ni un gramo de grasa, esbelto, poco vello. No creo que mis compañeras de yoga hayan visto un espécimen así en su vida, ni siquiera Míriam, que acaba de entrar, puede quitarle la vista de encima.

—Buenos días, tomad posiciones que vamos a empezar la práctica.

Alex gira sobre sus talones y se dirige a la otra punta de la estancia. Me siento e intento concentrarme en mí misma y cuando pienso que ya se ha ido resulta que ha ido a buscar su esterilla y la coloca justo a mi lado. ¡Mierda!

—¡Tienes que irte!

—¡Silencio, por favor! —exige Míriam y Alex me sonríe todo seductor e irónico como diciendo «Vas a tener que montar un buen escándalo si quieres que me vaya…». Nos ha pedido silencio a nosotros, aunque también al extraño murmullo que se ha generado en la clase. Todo el mundo está hablando en voz baja entre ellos. No es habitual, creo que Alex ha revolucionado el gallinero.

—Veo que hay caras nuevas. ¿Habéis practicado alguna vez?

Es una pregunta habitual de Míriam al empezar la clase, y se la hace a Lindbergh directamente, que está sentado en posición de loto perfecto con la espalda erguida y que le contesta con una sonrisa y un leve asentimiento de cabeza.

¡Nooo! ¡Si, además sabe…, me muero! Por suerte, de momento vamos a cerrar los ojos un buen rato, a ver si me relajo y se me pasa el susto.

Tres minutos de meditación, al final sonará una campanita para avisarnos. Lo miro de reojo, ¡joder, qué guapo que es! Cierro los ojos e intento concentrarme en mi interior, escuchar mi respiración y llevar mi atención a un punto en el lado derecho de mi corazón.

No funciona, me llega el aroma a lavanda de Alex y me desconcentra. No hay nada que hacer, la práctica de hoy echada a perder y si a Lindbergh le da por seguir viniendo tendré que cambiar de centro. Ah, no, ¡eso sí que no!

¡Pling! Ha sonado la campanita. Míriam nos pide que nos levantemos y nos pongamos en el borde de la esterilla para comenzar el saludo al sol, que es una tabla de ejercicios que todos conocemos y que nos ayuda a entrar en calor.

Brazos arriba, nos doblamos hacia delante en shaturanga. Se trata de tocar con la nariz tus propios muslos y las manos al suelo. No puedo evitar mirar a la derecha. Lindbergh tiene la posición, perfecta, la respiración pausada. Bajamos al suelo, su cobra también es perfecta, y la posición de addo mukha, la postura del perro que mira hacia abajo, impresionante. Repetimos el saludo al sol con la pierna izquierda y luego otra vez con la derecha.

Vamos con el guerrero, doblamos la pierna derecha, estiramos atrás la izquierda y ponemos los brazos en cruz, uno delante y otro detrás. Nos miramos y el muy cabrón me sonríe. Aprovecho la figura para mirar hacia atrás comprobando que mis brazos están bien alineados y, exactamente, lo que me imaginaba: un nutrido grupo de féminas no le quita ojo al nuevo.

Tras los guerreros hacemos ejercicios de apertura de caderas. Lindbergh no los necesita, lo tiene todo bien abierto; está claro que es un yogui consumado. Postura a postura las clava todas con una naturalidad aplastante, los ejercicios sobre la cabeza también impresionantes, elevando las piernas rectas a pulso lateralmente hasta conseguir la figura totalmente erguida y mostrando además sus abdominales porque, al estar boca abajo con los pies hacia arriba, la camiseta la tiene entre el cuello y la barbilla. Marina está que no sale de su asombro.

Ya no puedo más, me voy. Me levanto y recojo mi esterilla, pero Alex me sigue y se coloca delante de la barra en donde se cuelgan para no dejarme pasar. Me tiene arrinconada. Marina no entiende nada, ¿será la primera pelea de novios que presencia?

—Lindbergh, déjame en paz.

—*I'm sorry*, no puedo.

Marina se dirige hacia nosotros y nos hace salir al pasillo.

—Johanna, preséntame a tu amigo.

—No es mi amigo.

—Soy Alexander Lindbergh, ¿Míriam?

—Sí, Míriam. ¿Quién es tu gurú?

—Bikram Choudhury hace mucho tiempo.

—Bikram, ya.

—Antes de ser tan famoso y rico, él vivir en Hawái.

—Eres hawaiano.

—Sí.

Aprovecho la ocasión para escurrirme hacia el vestidor. Alex me sigue.

—Johanna, yo necesitar hablar.

—Tú necesitar psiquiatra, no yoga.

Dejamos a Míriam con la palabra en la boca. Alex me sigue hasta el vestidor femenino, no creo que se atreva a entrar. Me equivoco; ha entrado y hay dos chicas cambiándose que se escabullen hacia el fondo, quejándose. Yo me acerco a Alex y lo empujo hacia la puerta.

—Lindbergh, qué pretendes, ¿que alguien llame a la policía?

—*Enough,* Johanna, me lo pones todo difícil.

Me arrincona contra la puerta de una ducha y me besa con furia empujando mi cabeza contra la madera. Me dejo llevar porque su ímpetu me coge siempre por sorpresa y me pierdo en una danza erótica de lenguas. Es increíble como un buen beso te hace perder el mundo de vista. Cuando coge aire me separo un poco y digo con los brazos en alto:

—De acuerdo, de acuerdo, quedamos en la terraza de abajo en la calle Tuset, en la cafetería. Bruno tiene razón, soy una hipócrita, hablaremos e intentaremos arreglar esto.

—*I take your word.*

—Sí, sí, tienes mi palabra, pero tú te borras ahora mismo de mi clase de yoga. Prométalo.

—¡OK!

Se va. Me visto a la velocidad del rayo. No quiero cambiar de opinión, quiero encarar la situación y aprovechar para aclarar incógnitas. Al salir del vestuario no lo veo, al salir del centro de yoga tampoco. Bajo las escaleras trotando y llego a la cafetería. No está, me siento en la terraza. Viene el camarero, me decido por un café y un *muffin* de chocolate. Me vendrá bien un poco de azúcar.

Saco mi iPad para matar el tiempo cuando lo veo llegar; es el ejecutivo más sexy y más guapo que te puedas cruzar en una calle de Barcelona. De Nueva York no lo sé, pero de esta ciudad seguro. No se ha secado el pelo ni se ha puesto fijador y el flequillo húmedo de raya al lado le cae sobre la cara, lleva un traje chaqueta de *tweed* oscuro y unos *oxford*.

—Gracias, Johanna.

—Me disculpo, no tiene sentido que sigamos jugando al gato y al ratón, pero quiero que hablemos con franqueza.

—*Of course!* ¿Qué quiere saber?

Se ha puesto serio y no puedo evitar pensar que preferiría estar en sus brazos como hace quince minutos.

—¿Por qué yo?

—Porque yo *ti* quiero.

Lo dice así, impasible, mirándome a los ojos como si fuera una verdad absoluta.

—Alex, por favor, no digas tonterías.

—Tú preguntar…

—Pero yo ya tengo pareja.

—Eso no problema para mí.

¡Vaale! Tenemos a un piradito de esos. Bueeeno.

—¿Te gusta compartir con Bruno? Ya me entiendes, estoy hablando de sexo.

—Sí, me gusta.

—¿Por qué?

—Esa es pregunta difícil.

Difícil ¡eh! Claro, yo pregunto esto a los tíos cada día.

—Vale, ¿lo habías hecho antes?

—Sí.

—¿Con tu mujer?

—No.

—¿No eres un *swinger*?

—No.
—Pero lo habías hecho antes, ¿cuándo?
—*In the commune, you know free love. How do you say?*
—Se dice una comuna. ¿Has vivido en una comuna?
¡Ay, madre! Esto se pone interesante.
—He crecido en comuna. Mi madre *hippie*.
—Pero ¿no te criaste en un internado?
—*Yes, both, internado during semester and holiday in a commune back at home* [Sí, las dos cosas, internado durante el semestre y comuna en vacaciones].
—¿La casa de tu madre era una comuna?
—El hotel mío antes yo ser mayor ser comuna, mi *sexual initiation and experimentation was different* que tuyo. [… mi iniciación sexual fue diferente de la tuya].
Joder ¡ya te digo!
—Hombre, pues si tu despertar sexual fue en grupo, la verdad, pues sí que fue muy diferente al mío.
—No siempre en grupo, *but* muy libre y, a veces, si más personas para mí no problema si conectar con las dos personas.
—Tienes una conexión con Bruno.
—*Yes*.
—Pero no eres gay.
—No estar con hombre *never,* solo compartir alguna vez, pero raro.
Raro, raro.
—¿Te parece raro compartir o no sucede a menudo?
—No suceder casi nunca, pero cuando *happens it's extraordinary.* [… cuando sucede es extraordinario].
—¿Cuando sucede es mejor que solo con una persona?
—Sí.
—Pero, Alex, una relación de tres está predestinada a morir y a traer complicaciones y sufrimiento.
—*That's not true,* no puedes afirmar si no conoces.

—Y tú conoces, triángulos de éxito, quiero decir.

—*Yes.*

—¿Qué hora es?

—Las once.

—Tengo que irme.

—¿*Mi* te llevar?

—No, no, tengo que pensar en toda esta información.

—No piensa tanto, Johanna. *What do you feel?*

—Tengo miedo a perder lo que tengo.

—¿Y por mí?

Como soy una cobarde y no soy capaz de verbalizar una respuesta, me levanto y le acerco la cara pidiéndole un beso. Nuestros labios apenas se encuentran unos segundos, un beso rápido que sabe a poco. Y me alejo sin contestar sabiendo que, probablemente, ya he contestado implícitamente.

Pero cuando he dado unos cuantos pasos me doy cuenta de que he olvidado algo importante.

—Hola.

Sonrío, estoy coqueteando, no lo puedo evitar. Parece preocupado.

—¡Hola!

—Estoy preocupada por Jurgen, no sé nada de él. Nunca llegó a Barcelona y no contesta al móvil ni al correo electrónico. Jurgen parece un tío caótico, pero aun así…

—Le *pedir* a Adrian que *ver* su casa.

—Y quizás hablar con la policía. ¿Se sabe algo de los asaltantes?

—No, policía no saber nada y no encontrar huellas.

—Oye, Alex, ¿sabes que cada vez hablas mejor el castellano?

—*I take lessons.*

—¿Tienes un profesor?

—Profesora, estoy comprando casa y quiero hablar bien español.

Alex tiene una profesora y yo tengo celos de su profesora; me siento patética por partida doble e hipócrita por partida triple. Saber que tiene intención de establecerse en mi ciudad y, por lo que dijo Bruno, probablemente en mi barrio, es para mí a la vez un motivo de alegría y un problema.

—¿Has encontrado casa?

—Sí, es sorpresa, te *gustar*.

—Bueno, seguro que me va a gustar.

Probable casoplón, pienso. Alex se levanta para irse y se acerca a mí, que llevo un buen rato de pie, y me da un beso en la mejilla.

—*Mi* tiene que ir.

—¿La profesora?

—No, *meeting in London this evening.* [No, reunión en Londres esta noche].

—Mmmm, Londres. Hace mucho que no voy, desde que murió mi abuela.

—¿Quieres venir? Hablo con Bruno.

—No, no, tengo mucho que hacer, se acerca la exposición…

—*I'll see you soon.* Nosotros tener noticias de Adrian pronto para hotel.

—Y ya no seremos socios, serás libre.

—No querer ser libre, Johanna… —me dice mirándome a los ojos; me flaquean las rodillas.

—Dime algo de Jurgen.

Asiente y se va sin mirar atrás. Se me hace difícil el lenguaje de la despedida con Alex porque tan pronto somos socios como amantes, y tan pronto estoy cabreada como echándolo de menos antes de que se vaya.

Su teoría de los tríos no me la trago, pero empiezo a entender cómo ha tenido tanto éxito en los negocios. Se diría que es capaz de convencer a un ciego de que pilote un avión; tiene tal seguridad en todo que es difícil de cuestionar.

Y

Hay una crisis en Artistik. Pensaba que Lola lo tenía todo controlado, sin embargo, no es así, está de los nervios, dos de los periodistas especializados que tenían que venir han declinado y sospecho que sea por algo que el propio Dunne, el pintor/cantante, haya podido decir o hacer. No soporto a estos divos que pierden los papeles y dejan de ser personas por mucho que se coticen sus obras.

Bruno conoce a Gustavo Salvatierra, es mejor que él lo llame para saber por qué no viene. Tranquilizo a Lola y me voy a ver a Bruno a su despacho. Está sentado al ordenador, probablemente con su Facebook. No se ha afeitado y lleva unos tejanos y un jersey de lana un poco viejo.

—Buenos días, ¿te has enterado?

—Sí, sí, ya he hablado con Salvatierra. Dice que no puede venir, pero ha dicho que hará una reseña igualmente. No es más que un asunto familiar.

—Ah, bueno, pensaba que quizás Dunne…

—No, no, se está comportando dentro de lo que cabe… ¿Qué tal tu clase?

—No te lo vas a creer.

—Sí me lo voy a creer. Alex me ha llamado, nos vamos a Londres.

—Yo no puedo ir, ve tú si quieres.

—Bueno, a eso me refiero, que, si no me necesitas demasiado, me gustaría irme con él. Tiene una invitación para el Annabel's.

—¿Qué es el Annabel's?

—Es aquel club de Mayfair al que es imposible entrar si no eres socio o si no te invitan. ¿Te acuerdas de nuestros meses en Londres intentando entrar en las fiestas vip…?

—¿Te vas de clubes con Alex a Londres?

—Sí, y también vamos a dar unas vueltas en Donington Park, con un amigo suyo.

—¿El circuito de carreras?

Bruno asiente entusiasmado, es como un niño pequeño con un helado de fresa. Escondo la punzada de celos que siento por quedarme.

—Vete tranquilo, yo me ocupo de todo. ¿Os perdéis la exposición?

—No, Alex dice que estaremos aquí mañana mismo, hacia las siete de la tarde…

—Perfecto.

—¿Podrás con la organización?

—Sí, está todo controlado, y llamaré a mi hermana para que venga antes y quizás a Nat también.

—Voy a afeitarme y a ducharme. ¿Qué me pongo?

—¿Esta noche? Americana sin duda, yo elegiría la de terciopelo.

—*Velvet!* Buena idea. Oye, Johanna, ¿no te importa que me vaya con Lindbergh? Últimamente, has estado un poco tensa respecto a él.

—No, para nada, en absoluto. Hoy hemos estado hablando y no es que haya cambiado nada, solo que me he alegrado de poder hablar con él y bueno, tú nunca te equivocas. Creo que vamos a seguir tú intuición…, seguramente Alex es buena gente.

Se levanta y me abraza. Está exultante. Me gusta verlo tan contento y no tendría sentido interferir, montar un numerito o estropearle el plan. Al fin y al cabo, no tiene nada de malo, aunque no estoy segura de que Bruno sepa que Alex tiene la intención de seguir compartiendo a su mujer, o quizá sí.

6

Sándwich

Martes, 3 de noviembre. Artistik, Barcelona, 18.00 h

He decidido montar una pequeña feria en el jardín de Artistik porque cuando recibí la información del «cutre-catering», de canapés probablemente congelados y cava de tercera, me entró el pánico y les propuse encargarme yo. Al fin y al cabo, si queremos que se siga contratando el espacio tenemos que causar buena impresión.

Hemos dispuesto farolillos por todo el jardín y he tirado de contactos para disponer para esta noche de un *food-truck*, un puesto ambulante de salchichas, que también fríe patatas, y otro de kebabs. Así pues, unido al barman que preparará *gin-tonics* y cócteles y a Gina, que le hace gracia ponerse en el surtidor de cerveza a servir cañas, creo que, aunque los invitados no se interesen por las obras, el éxito de la velada está asegurado.

De Archie Dunne no se sabe nada, como cabía esperar. Charlotte, la comisaria de la exposición, anda de los nervios dejándole mensajes en el móvil cada cinco minutos. Ella cree que el tipo está encerrado en su habitación. Y en el hotel, aunque creen haber oído una guitarra, no lo pueden asegurar. Me ha dicho que dentro de un rato volverá otra vez al hotel a seguir aporreando la puerta de Dunne hasta que abra. Seguramente, le preocupa una sobredosis o algo por el estilo.

Maya y el gato *Pío* han sido los primeros en cenar (una merienda-cena). Sentada a una mesita con el anorak abrochado hasta el cuello y poniéndose perdida de kétchup, salchichas y patatas fritas es la cena ideal de Maya y para el gato, aunque este último no tiene problema, se lo come todo especialmente si Maya se lo da en trocitos.

Indispensable la ayuda de Gina y de Natalia, sin ellas creo que no hubiera podido con todo. Tengo el tiempo justo de ducharme y cambiarme. De mis dos hombres tampoco sé nada; aun habiéndoles enviado un par de mensajes, está por ver que lleguen a tiempo.

En fin, la suerte está echada. Voy a pedirle a Nat que lleve la batuta mientras me ducho en el despacho y a Lola que lleve a Maya a casa. Me ha prometido hacernos de canguro.

Aún no he decidido qué me voy a poner. De momento solo tengo un nuevo color de pelo, lo más parecido a mi color original *strawberry blond*, rubio pajizo. Me desnudo en el despacho mientras exploro mi imagen en el espejo. No sabría decir por qué cambio tanto de color de pelo, pero esta vez me da la oportunidad de recordarme a mí misma, como cuando jugaba con Jurgen. De pequeña solía llevar el pelo muy corto a diferencia de todas mis amigas.

—Mami, ¡quiero quedarme!

Mi hija ha entrado dejando la puerta abierta.

—¡Maya! Pero si pensaba que ya estabas en casa. Cierra la puerta, ¿no ves cómo estoy?

—Mami, me quedo al menos hasta que lleguen papá y Alex. Creo que Alex ha traído algo para mí; si me voy es de mala educación.

—No sé nada de ellos, quizá no vuelvan esta noche.

—Sí, mami, seguro.

—¿Sabe Lola dónde estás?

—Sí, sí.

De nuevo se abre la puerta, no me lo puedo creer.

—¡Toc, toc!

Mi madre, vestida para impresionar con un vestido rojo de cóctel y unos tacones de vértigo, ignorando sus más de sesenta años, sus problemas de columna y, sobre todo, la falta de tono de su muy pronunciado escote.

—¡Mamá, qué sorpresa! Veo que venís todas...

—¿Qué quieres decir? Hola, Maya, cariño.

—Pues tú y ese par de gemelas que enseñas con tanto orgullo.

—Te advierto que aún levanto pasiones y alguna cosa más. Tú, en cambio, estás demasiado seca para levantar... tú ya me entiendes.

Ya empezamos con los ataques, aunque esta vez he disparado yo primero.

—Abu, estás muy guapa.

—Gracias, cariño, pero no me llames abu cuando estemos con gente.

—¿Te llamo abuela?

—Llámale yaya, es más familiar.

—Bueno, mejor saldré fuera a tomar algo porque pareces algo nerviosa con todo el sarao.

—Sí, bueno, te lo agradezco, aún tengo que ducharme.

—¿Y Bruno?

—Esta con el tío Alex en *Inglatierra*.

—Inglaterra, Maya.

—Eso.

—¿Quién es el tío Alex?

—Después, mamá, tengo que arreglarme...

—Bien, pero luego quiero hablar contigo de finanzas y quiero que me lo cuentes todo.

—¿Finanzas?

—Sí, todo sobre esa herencia de Pablo. ¿Sabías que Pablo era novio mío?

—Mamá, no tengo tiempo.

—Ahora no, pero ya lo encontraremos; tengo unas ideas que me...

—¡Mamá!

No hay que gritar a nuestros mayores, aunque nos pongan de los nervios. Al menos ha entendido que no es buen momento y se ha ido llevándose a Maya con ella, y, aunque parezca que está enfadada, es solo una postura. Miranda seguirá y seguirá intentando lo que sea que tiene en mente y nada puede persuadirla.

Realmente hoy no tengo tiempo para dar vueltas a la maquiavélica mente de mi madre. Por otro lado, es un trabajo que dejo a Bruno, que puede leerla como un libro abierto. Para él la complejidad del carácter de mi madre es totalmente transparente y puede manejarla sin esfuerzo porque no se sulfura como yo; esa es la clave, pero ni todo el yoga del mundo podría contribuir a que yo no me sienta atacada, agobiada y, a veces, incluso consternada por mi madre. Esa es la naturaleza de nuestra relación. Quién sabe, quizás mi padre se sentía igual cuando estaba casado con ella. Estoy segura de que no se suicidó por eso sino porque estaba muy enfermo, pero los últimos años andaba como triste.

Voy a dejar estas cábalas para otro momento.

Tras la breve ducha vuelvo a mirarme en el espejo desnuda. Quizás sí que se me ve seca, las piernas un poco demasiado largas en comparación con el torso, hombros normales, ni anchos ni estrechos, y las tetas, bueno, aún aguantan, para ser mías, una noventa. Está claro que hace tiempo que no puedo ir sin sujetador porque la gravedad ha empezado a dejarse notar y no tengo dieciocho años. Pero por lo general me veo como siempre, la curva de la barriga un poco más pronunciada por haber tenido un embarazo. De hecho, ni el yoga ni los ejercicios abdominales han conseguido que vuelva el vientre plano de antaño, pero es una huella hermosa.

Creo que me voy a dejar el pelo corto y con mi color natural pajizo una buena temporada. Fue el cuadro de

Jurgen, me impactó más de lo que le transmití ese día. Esa chica del cuadro era yo con los ojos más grandes y los rasgos algo exagerados, como infantiloides, pero era yo, mariposas revoloteando sobre mi cabeza. Tiene todo el sentido del mundo y creo que Bruno pensará lo mismo cuando lo vea. El cuadro me viene a la mente a menudo. Estoy preocupada por Jurgen y por todo este asunto suizo.

No hay motivo para un vestido esta noche; de hecho, opto por una falda vaporosa de seda color crema estampada en tonos negros, un jersey *oversize* de Bruno, que ajusto con un cinturón, y leotardos con sandalias altas de madera, todo ello muy bohemio o deliberadamente *hippie*. Un estilo diurno que quiere camuflar el hecho de que me haya vestido para la ocasión.

«Pordiosera chic», que diría mi madre, lo que me lleva a pensar que si no la hubiera visto llegar con ese aspecto de vampiresa septuagenaria habría optado yo también por un vestido ajustado. Pero me alegro; la comodidad puede ser una buena aliada esta noche en la que de momento estoy sin Bruno.

Cuando salgo del despacho me asombro del trabajo que he hecho y de cómo ha quedado; visto de noche gana mucho. El jardín luce en todo su esplendor, la iluminación tenue e indirecta es obra de Bruno, que como exfotógrafo tiene una verdadera obsesión con los ambientes. Suena una de nuestras listas de Spotify que combina *jazz* y éxitos de los noventa. Los farolillos chinos y los puestos ambulantes realmente han transformado nuestro pequeño oasis en una verbenita de aspecto publicitario con asistentes elegantes y modernos.

Tengo la sensación de que la fiesta ha empezado sin mí, bueno, y sin el anfitrión, Mr. Dunne, que, por supuesto, no ha llegado. Puedo ver que hay algo de prensa en una de las mesas del jardín, fácilmente reconocibles con sus Canon de teleobjetivo descansando sobre las piernas. Hay dos chicos y una chica que no parecen salidos de una revista de arte así que asumo que son *paparazzi* cubriendo a Dunne, al que se le relaciona últimamente con la hija veinteañera de una leyenda del rock.

Mi madre sigue desplegando su poderío con su habitual incapacidad para estar callada ni un minuto, para mi consternación. Maya sigue aquí junto a su abuela, lo que significa que debe de haber cambiado mis planes sin consultar. Decido solucionar primero el tema de Maya, cuando soy abordada por Sami que, mira por donde, llega junto a Roberto (*Robertou*), el asistente de Lindbergh.

—¡Holaaaa! —lo saludo con mi habitual elocuencia.

—¡Señora Mayer!

—Johanna, por favor. Tu jefe no está aquí.

—Lo sé, muchas gracias por defenderme. Me consta que mantengo mi puesto de trabajo gracias a usted.

—No te preocupes, *Robertou*, aunque francamente no sé en qué estabas pensando… ¿Os conocéis?

—No, ¡preséntanos! —suelta Sami.

—Samanta, este es Roberto, el asistente personal del señor Lindbergh. Roberto, te presento a Samanta, es estilista de moda.

—Sí, si te conozco. Me encanta lo que haces para *ICON*.

—¡Gracias! Oye, y Lindbergh, ¿tiene algo que ver con los hoteles?

Aprovecho la conexión entre ambos para saludar a más gente que va llegando. Un par de críticos y Silvio, el director de un famoso blog. A los blogueros hoy en día hay que cuidarlos porque mueven montañas y a este no me va a ser difícil, puedo presentarle a Roberto y a Sami y se sentirá completamente a gusto.

Charlotte sigue dando vueltas por el jardín con el móvil en la mano y, de vez en cuando, nos miramos con complicidad y yo pretendo darle a entender que comprendo su calvario con Dunne. Francamente, tener un representado como este tipo se parece más a ser el asistente de una estrella del rock, con todo lo que ello debe conllevar. Charlotte debe de saber muy bien a lo que se enfrenta.

Esto se está llenando y, como era de imaginar, la gente echa un vistazo rápido en el interior a las obras de gran tamaño y, rápidamente, sale al jardín a comer algo y, básicamente, a beber como si el mundo se terminara mañana. Cuanto más alcohol ingieran, mejores reseñas...

—Johanna, cariño, esos cuadros son horrorosos. No colgaría algo así en mi salón ni aunque valieran treinta millones de euros.

—Mamá, créeme, si valieran esa cifra no solo los colgarías en tu salón, sino que además te gustarían.

—Dice Maya que pinta con caca.

—Bueno, parece ser que utiliza fluidos corporales varios; debe referirse a sangre.

—Estáis todos locos.

—Por cierto, ¿dónde está Lola? ¿Por qué esta Maya aún aquí?

—Se viene conmigo.

—¡Ah, vaya! Gracias por informarme.

—Se ha empeñado en esperar a su tío Alex, ese hombre misterioso. Me ha dicho que es muy guapo y muy rico.

—No hagas caso, solo es una niña.

—Sí, pero tan lista como su abuela. ¿No es guapo?

—Pues sí, supongo.

—¿Y rico?

—Rico, también. Maya y Bruno lo acompañaron a mirar casas; quiere comprarse una por aquí.

—Entonces esperaremos, quiero conocerlo. Tengo buenos contactos en el sector inmobiliario que a tu chico le pueden interesar. Y no sé por qué me suena tanto ese apellido.

—Bueno, Lindbergh es también un fotógrafo de moda famoso.

—No, no es eso.

—Quizás te suena su padre, que fue el primero en hacer un vuelo transatlántico y…

—¡Pues claro, era famosísimo! Secuestraron a su primer hijo y luego resultó ser un casanova. ¿Tu chico es uno de esos hijos?

Lo que me faltaba, el buitre al acecho. ¿Se dará cuenta de lo que ha pasado entre nosotros? No puedo dejar de pensar que es evidente.

—Mamá, no es mi chico, es mi socio temporal y si no fuera por lo de Pablo ni lo conocería.

—¿Aquella de allí no es Samanta?

—Sí, mamá, ve a saludarla. Siempre os habéis llevado bien.

Mamá, Roberto, Samanta, Silvio. ¡Dios, esto es un aquelarre! Espero que Bruno no tarde mucho. Veo a Natalia hablar con Gerard, uno de nuestros profesores de cómic; creo que entre ellos estaré a salvo.

—¡Nat! ¿Qué tal? ¿Cómo ves la fiesta?

—Bueno, aparte de que no haya llegado el pintor, que es un poco raro, yo creo que va superbien. Está todo superchulo. ¿Necesitas ayuda?

—No, ahora ya es cuestión de sonreír y no meter la pata. Bueno, y de mantenerme alejada de mi madre, que me pone de los nervios.

—¿Y Bruno?

—Pues no lo sé, la verdad. Venían de Londres. Te aseguro que si me ha dejado sola en esto se va a arrepentir.

—No va a hacer falta, por ahí llega.

Me giro, los veo… y se me congela el alma.

Quitan el aliento. Ambos llevan americana y pantalones vaqueros; la de Bruno de terciopelo, la de Alex oscura con rayas; en vez de corbata llevan pañuelos de seda. Van desaliñados, contentos, con cara de habérselo pasado realmente bien. Me pongo celosa, no sé muy bien por qué.

Alexander me mira desde lejos, muy serio y de reojo, mientras Bruno con una sonrisa de oreja a oreja le va presentando a gente. A este ritmo pueden tardar una hora en llegar hasta donde estoy. Por si acaso, me adelanto y voy a su encuentro. Primero beso a Bruno y le acerco la boca a la oreja.

—Tened cuidado, mi madre está aquí.

Le susurro al oído esperando que entienda que me refiero a Alex. Bruno me guiña el ojo y asiente. Detecto en él cierta preocupación. Si no nos deshacemos de ella va a ser imposible que me relaje.

—¿Va todo bien? ¿Y Dunne?

—No se sabe. Charlotte está de los nervios, tú ya te lo imaginabas, ¿verdad?

—Sí, no tiene mayor importancia. Oye, me encanta lo que has hecho en el jardín, de verdad, no se me habría ocurrido y estás preciosa, tanto como hace veinte años. Te lamería el cuello aquí mismo.

Me ruborizo y me alejo un poco de mi marido. Confieso que mis pezones se han disparado como mecanismos de precisión al contacto con su aliento.

Alex es interceptado por Roberto y Sami. Sigue mirándome a los ojos de esa manera como si no hubiera nadie más alrededor y como si algo no fuera bien. ¿He hecho algo mal? Me está incomodando. Decido acercarme con una sonrisa.

—¡Alex! ¿Lo habéis pasado bien?

—Señor Lindbergh, esta es Samanta —dice Roberto.

Lindbergh no me contesta y sigue con la mirada clavada en mis ojos. Me incomoda porque está claro que su actitud no pasa desapercibida a nadie y titubeo porque no contesta ni a mí ni a Roberto, que le ha tocado el brazo. Parece congelado, mirándome. Bruno también se ha dado cuenta. Decido pasar a la acción y me acerco mucho a él y lo abrazo. No me corresponde. Me pierdo en su mirada y le toco la cara.

—¡Alex!

¡Joder!

Y entonces se me enciende la bombilla.

—¿Es la migraña?

Una sonrisa de lobo se abre en su rostro. Creo que le he dado una idea. Me abraza y me da un beso en la mejilla.

—Estoy bien, solo un poco de dolor.

A estas alturas ya le conozco lo suficiente para saber que esa sonrisa esconde oscuras intenciones.

—Bruno, Alex no se encuentra muy bien.

—Sí, ya me lo ha dicho. Creo que tenemos algo en la cocina. Voy a saludar a tu madre.

Y como si tuviera oídos de murciélago, mi madre se materializa ante nosotros con Maya a su lado muerta de sueño.

—¡Alexander!, ¿verdad? Maya me ha hablado mucho de ti. Muy guapo y rico, al menos lo de guapo no podía ser menos cierto.

Lindbergh la saluda divertido y Maya se le abraza y se le tira encima. Él la coge en brazos.

—*Brought you some scrapbooking.*

—*Thank you! Love it!*

—¿*Scrap* qué? —pregunta Bruno cogiendo a su hija de los brazos de Lindbergh mientras esta abre el paquete; parece algo molesto por ser segundo plato.

—*Scrapbooking,* papá tontito. Son unas manualidades supercursis, pero que molan mucho.

—Bueno, ya tienes tu regalo y te has quedado a esperar porque eres muy educada. Pero ahora tienes que irte a dormir, y tú, abu…

—Miranda, por favor. No me llames abuela, ¡Johanna!

—La abuelita Miranda te llevará a dormir.

—No seas mala, querida, no te sienta bien.

—Perdona, estoy un poco nerviosa esta noche.

—Ya me voy. ¿Dónde está tu hermana?

—¿No la has visto poniendo cañas?

Ahí está Gina, toda sonrisas, hablando con un chico que no conozco. Puedo percibir la tensión que emana de Lindbergh, que intenta deshacerse de *Robertou* y que sigue vigilándome con la mirada. Por suerte mi madre está distraída avisando a Gina para que venga.

—*Thanks*, Roberto, llamaré a Mister Frei. Puedes irte.

—Pero, Mr. Lindbergh, parecía importante...

Me acerco y ahí vuelve mi madre al acecho, con Maya muerta de sueño.

—Alexander, quiero que vengas a cenar a mi casa, tengo...

—Ya organizaremos algo, Miranda —la interrumpe Bruno consciente de que la actitud de Lindbergh no se podrá disimular mucho más. Ahí llega Gina.

—Alex, vamos a la cocina. Necesitas estirarte un poco. —oigo decir a Bruno.

—*Yes, thanks.*

—Gina, Bruno y yo vamos a llevar a Alexander a la cocina un momento, no se encuentra bien. Te dejo al mando, que Natalia te eche una mano.

—¿La migraña?

—¡Sí!

—No te preocupes.

Y aunque parezca un milagro, logramos escabullirnos de la fiesta sin apenas levantar sospechas. Entramos en la cocina y Bruno cierra con llave, su mirada turbia.

Alex sigue como en trance mirándome de esa manera, su respiración cada vez más audible. Bruno está apoyado en la puerta, muy excitado, sus ojos extraviados.

—Estáis locos. ¡Alex, no puedes comportarte así en público! —le grito.

Se me acerca y yo retrocedo hacia la gran mesa mientras se quita la chaqueta con un movimiento de hombros y cae al suelo. Busco la mirada de Bruno; sigue inmóvil observando muy excitado. Alex se gira hacia él pidiéndole permiso, Bruno asiente con la cabeza.

Y se abalanza sobre mí y me besa como nunca me han besado. Su lengua invade mi boca y me aprieta contra su cuerpo con tal fuerza que mis pechos se aplastan contra su torso. Me hace daño. De repente, me suelta y se aparta de mí solo unos centímetros.

—*I'm fucking hooked. I'm desperate, come here baby.* [Joder, estoy enganchado, desesperado, ven aquí, nena].

—Esto no está bien, está lleno de gente; yo no puedo seguir haciendo esto.

La sensación de peligro es muy excitante, creo que mi cabeza no lo aguanta. Tengo a Bruno tras de mí. Shhhh, me susurra a la oreja mientras me quita el cinturón y el jersey.

—No somos animales, Bruno.

—Por supuesto que sí, amor mío.

Alex me abraza y me besa dejándome perdida en un mar de sensaciones mientras Bruno me desnuda y, de vez en cuando, acaricia mi nuca. Lo mismo hace Alex y me estira del pelo.

Sujetadores, leotardos de lana y sandalias de madera. Debo de estar ridícula, aunque a ellos no se lo parece a juzgar por los gestos de apreciación de Alex mientras se deshace de mis zapatos y me baja los leotardos poco a poco.

—*I'm so desperate, baby.* [Estoy tan desesperado, nena].

Son sus ojos los que me hipnotizan, es cómo me mira. Me hace sentir deseada, pero es su voz lo que anula mi voluntad.

Bruno se quita la americana y saca del bolsillo uno de esos lubricantes Durex con una sonrisa pícara.

—Ah, no, no, no. Estás loco, me muero, esto está lleno de gente.

—Y por eso es mucho más excitante.

—Pero ya sabes que yo...

—No te preocupes, si te duele lo dejamos.

Alex permanece al acecho, en silencio, muy muy excitado. Se nota en su respiración lenta y sonora.

—*Baby, please, I need you.*

Eso sí que ha sonado desesperado y como palabras mágicas deshacen mi resistencia...

Bruno se ha sentado en el taburete y mira a Alex en su ya habitual juego de señas y, entonces, de pie frente a mí, Alex me coge la cara con las dos manos y devora mi boca mientras Bruno me acaricia la espalda deteniendo sus dedos en cada una de mis vértebras, como si quisiera cerciorarse de que todo está bien.

—No quiero más cambios de pelo. Te quedas así.

Bruno jadea en mi oído. Yo me derrito entre los dos. Bruno acerca su otra mano por delante a mi sexo, la escurre por dentro de mis braguitas y, con las yemas de dos dedos, inicia una tortuosa y lenta caricia que me lleva a levantar el culo hacia atrás buscando más.

Intento respirar solo por la nariz mientras Alex me besa con esa pasión que me quema por dentro y emito un ruido sordo de placer que es como un ronroneo. Alex imita el sonido. Mmmhhhh, esto es el cielo.

Y entonces noto una viscosidad en mi espalda que emana calor y que Bruno reparte por mis nalgas en círculos, mientras el beso de Alex se eterniza y su erección roza mi ombligo haciéndome cosquillas hasta que decide sentarse sobre el borde de la mesa y me aprieta hacia él. Miro hacia abajo y veo su erección, su pene entre nosotros dos que fricciona contra mis bragas ya demasiado húmedas. Voy a tener que recordar llevar unas de repuesto.

Siempre me ha gustado eso de restregarme con la ropa

puesta como cuando éramos adolescentes, me vuelve loca que me besen y me restrieguen.

Bruno sigue con su masaje por mi trasero y lo que realmente capta toda mi atención es el miembro de Alex masturbándose, tan solo con la fricción contra mi monte de Venus y rozando de vez en cuando mi clítoris, ahora sí, ahora no. Solo pienso en tenerlo dentro justo cuando siento los dedos expertos de Bruno rozando en círculos mi ano. Al meter un dedo, este se desliza sin dificultad hacia dentro gracias al lubricante. Pero ahora ya estoy alerta y mis músculos se tensan.

—¡Relájate! —dice Bruno, solícito, con voz ronca pero muy bajito. Ahora voy a entrar, no te muevas.

Con un solo empujón hacia abajo que me deja paralizada, arquea mi espalda en un gesto un tanto rudo liberándome de golpe de los labios de Alex y me penetra de una sola estocada, utilizando el elemento sorpresa y empujándome de nuevo contra el pecho de Alex, que, a juzgar por su mirada, está tan atónito como yo.

Un alarido sobrecogedor como de lobo sale de la boca de Bruno, ¡ohhhhaaah!, el grito de placer retumba por la habitación, luego se queda muy quieto.

—Ya está, dice.

Jadeando. Contengo la respiración en parte por el susto que me ha dado su alarido y en parte maravillada por no haber sentido ningún dolor todavía, y por la plenitud del miembro de Bruno dentro de mí.

Y entonces me coge por la cintura y me incorpora sentándome solo ligeramente sobre él, teniendo cuidado de aguantarme para que no sea demasiado intenso y sentándose él a su vez en la punta del taburete.

Solo por precaución mi instinto me pide colocar los pies bien afianzados sobre el reposapiés del taburete y tener más control sobre mi cuerpo mientras me aguanto con los brazos sobre el torso de Alex. Y como si se tratara de una invitación, Alex me penetra, buscándome de nuevo la boca, para soltarla enseguida profiriendo otro aullido de lobo, ¡ohhhaaahh!, que me congela el alma.

Cuando me devuelve la mirada, sus ojos de azul imposible tienen las pupilas dilatadas y diría que no me ve. Noto en mi interior como sus penes se tocan, siento un leve mareo por la intensidad del momento, como si tuviera el estómago revuelto. Bruno apenas lleva el ritmo, es Alex el que se mueve y me folla con una intensidad desconocida mientras Bruno jadea sobre mi cuello murmurando.

—Oh, Dios, esto es, es… ¡Aaahhh!

Siento un intenso calor por dentro; es placer, pero estoy desconectada, como si asistiera a un experimento, desconectada y mucho más atenta a sus reacciones que a mi propio disfrute.

Sin embargo, mis dos guerreros jedis son presas de su arrebato, a cada contacto de sus penes a través de mi cuerpo percibo tormentas y huracanes de gozo. Una y otra vez en cada embestida ambos se deshacen en el momento en que sus sables se tocan; demasiado intenso.

Me giro para ver la cara de Bruno totalmente compungida en su intento de controlarse y alargar el placer unos segundos más. Pero es Alex con su frente reposada sobre mi hombro izquierdo el que no puede más y se corre estrepitosamente profiriendo un grito gutural que parece significar *¡Oh Lord!* ¡Oh Dios!

Se separa de mí dejándome sin punto de anclaje y obligándome a aguantarme sobre las piernas de Bruno para que la penetración no sea demasiado intensa, y ese leve movimiento, ese cambio obligado de postura es suficiente para precipitar a Bruno al abismo. Otro grito gutural, aaahhhhhh, resuena por la habitación mientras Alex lo mira con ojos desorbitados aún recuperando el resuello. Y le entra una risa floja, de esas que se tienen cuando se fuma algo ilegal, a lo que Bruno corresponde con una carcajada.

¡Vaya! Parece que otra vez me he perdido el chiste. Por lo menos he sobrevivido, estoy entera no me han partido en dos y, sin embargo, se apodera de mí una leve tristeza. Está claro que la experiencia no ha sido tan reveladora para mí como para ellos.

—¿Estás bien? —me pregunta Alex. Asiento, no tengo nada que decir; me siento como vacía. Bruno, que me conoce mejor, me abraza por detrás y dice.

—¡Esto hay que repetirlo!

—Mañana —señala Alex mirándome a los ojos. Y qué puedo decir, si me miras así repetimos ahora mismo…

Suenan unos golpes en la puerta, nuestros invitados se están cansando de esperar. Nos miramos sin movernos, Bruno mueve la cabeza a los lados como diciendo «No contestéis».

Quien sea que haya llamado se marcha. Alex se queda desnudo abrazándome mientras Bruno se viste a toda prisa. Él lo observa y vuelven a comunicarse en ese lenguaje que parece estarme vetado.

—Quedaos un rato más, pero no mucho. Luego salid por turnos, no a la vez. Cierra la puerta, Alex.

Y diciendo esto desaparece. Alex pasa el pestillo, vuelve hacia mí y, sin mediar palabra, me coge en brazos y me lleva a la *chaise-longue*. No soy una mujer pequeña y, sin embargo, está claro que mi peso no supone un problema para él. Hundo la nariz en su cuello y aspiro su aroma. Él me besa en la frente y me deja en el suelo para estirarse en la *chaise-longue*. A continuación, abre los brazos y me invita a estirarme con él.

Me estiro junto a Alexander, lo abrazo y cierro los ojos. Permanecemos así abrazados en silencio, yo con los ojos cerrados consciente de que me está observando y él mirándome en silencio, muy serio.

—*I came inside you,* se me escapa, me he corrido dentro.

Sus preciosos ojos llenos de preocupación están clavados en los míos.

—Lo sé, pero no te preocupes que no soy un vergel de fertilidad. Tardé mucho en quedarme embarazada de Maya, ya sabes, incluso con tratamiento. Y a Bruno y a mí nos ha pasado alguna vez.

—¿Estas *sigura*?

—No, pero creo que estaremos bien. No lo pienses. Oye, ¿de qué os reíais hace un momento?

—Solo es reacción, *too intense, my girl...*

—Sí, un poquito demasiado intenso, pero tenemos que salir ya.

Se abraza más a mí y con un movimiento rápido se me coloca encima. Su erección renace, está listo para el combate.

—No tenemos tiempo, Alex, estoy trabajando.

—*I know but* no tengo oportunidad de estar a solas con *ti*.

—Pensaba que preferías compartir.

—Sí y no.

—Ah, bueno, eso lo aclara todo.

Se ríe y me besa.

—Yo *ti* quiero para mí.

—¿Y Bruno?

—Bruno también.

—Ah, bueno, eso lo aclara todo. Venga vístete.

—No *ti* gusto desnudo.

—No, francamente, es una visión terrible, con todos esos abdominales... aarrrg y esa espalda taan...

—¿Perfecta?

Me levanto disimulando mi sonrisa.

—Exacto, desnudo eres perfecto, digno de admiración, ¿sabes qué puedes hacer? Puedes quedarte aquí, tienes todo lo que puedas necesitar, agua, vino, comida, una ducha. Yo me vestiré, me iré a trabajar y me llevaré la llave. Puedo hacerte una visita rápida de vez en cuando.

Se levanta y me abraza.

—¿Un esclavo sexual?

—Siempre he querido tener uno.

—Acepto. Pero *mi* preferir salir contigo afuera y estar a disposición.

—Como un *escort*.

—Un *escort* gratis.

Me besa y de nuevo su erección se lleva todo el protagonismo.

—*Mehor* me visto.

—¿No ibas a salir desnudo?

—Tú quieres yo salgo. No avergüenzo de mi cuerpo.

—Yo tampoco me avergüenzo de tu cuerpo.

Busco mis bragas por el suelo y le paso los calzoncillos, empezamos a vestirnos sin perder detalle el uno del otro. Hace mucho tiempo que no tengo la oportunidad de recrearme viendo a otro hombre desnudo, y menos a uno que parece salido de un *casting* de modelos en la treintena, tan sexy, tan seguro de sí mismo, tan guapo que quita el aliento.

¡Qué bueno que está este hombre, por Dios! Ser tan guapo debería llevar unas advertencias de efectos secundarios como los medicamentos, porque está claro que puede afectar a tus sentidos, provocar mareos, taquicardia, nublar tu capacidad de decisión…

—*Mi* sale primero, pero no tardes.

—No tardo, me refresco un poco y salgo.

Busco en el bolso mi neceser. Alex está impecable de nuevo con la americana puesta. Nadie diría que acaba de tener un encuentro sexual de alto voltaje. Me guiña el ojo y desaparece por la puerta. Me aseguro de que quede bien cerrada.

Mi falda estampada ha quedado algo arrugada, pero no creo que nadie lo note. Voy a hacerme accionista de alguna marca de toallas húmedas para compensar un poco el gasto.

Cuando salgo veo que todo el mundo está en la sala interior, incluidos Bruno y Alex, con una copa en la mano. Dunne, de pie junto a su obra más grande, con un aspecto de eterno roquero, mucho más pulcro y sano del que yo recuerdo en las fotos de la prensa del corazón, explica que su cuadro simboliza una sobredosis de heroína y que el Jesucristo en el suelo con los brazos en cruz y pantalones de cuero negros es él mismo volviendo del abismo de esa experiencia. Por eso aparece también una vela que simboliza la luz del sol cuando emerges de las profundidades del mar, en este caso, de las profundidades de una sobredosis.

Charlotte está relajada, ensimismada escuchando a su protegido, y tengo que reconocer que los cuadros cobran mucho más sentido con el autor al lado explicando, como él dice, su poesía. Dunne se considera un poeta, ya sea pintando o cantando y parece ser que se ha retrasado porque ha ofrecido un pequeño recital en la plaza Sant Vicenç de Sarrià, tres calles más abajo, así, de forma espontánea.

O quizás no tan espontánea ya que sospechosamente un amigo le ha acompañado a la guitarra y otro lo ha grabado en su iPad. Debo de reconocer que el tipo Dunne tiene carisma, desprende un cierto magnetismo.

Veo a Samanta junto a Roberto escuchando a Dunne, pero sin quitarle los ojos de encima a Lindbergh. Me imagino su lucha interior, no sabe a quién atacar y calcula sus posibilidades.

Me reúno con mis chicos y recibo sendos besos en la mejilla, besos cariñosos, reconfortantes y un *gin-tonic*. Estoy empezando a sentirme relajada y contenta cuando veo a Sami acercarse toda seductora con una salchicha en la mano.

—Te apetece un bocadito ahora que pareces estar mejor —le dice a Alex meneando el bocadillo de forma seductora.

—Oh, no, *grasias*, Johanna y Bruno me *hacer* un sándwich ahí dentro, *mi* satisfecho.

Me quedo lívida, contengo la respiración. Creo que me va a dar un vahído cuando oigo la carcajada de Bruno, están de cachondeo.

Aprieto los labios cabreada, aunque he de reconocer que en el fondo tiene su gracia.

Samanta no ha entendido nada, pero se ríe, y eso es lo que se suele hacer cuando te pierdes el chiste, aunque solo sea por mimetismo.

—Oye, y ¿qué habéis estado haciendo ahí dentro? ¿Follar?

—Disculpa a Samanta, Alex, no tiene pelos en la lengua.

—Bueno, ¡excepto después de una felación! —suelta Sami.

No puedo creer que haya dicho eso, está borracha. Con los ojos desorbitados Alex me pregunta:

—¿Ha dicho *blow job*? —Y hace el gesto descriptivo.

Yo asiento con la cabeza y percibo el rechazo que le provoca ese tipo de mujer vulgar. A Bruno le ha hecho gracia.

Se me acerca Samanta.

—¡Dios, nena! Este Lindbergh está como un queso de untar. No sé cómo puedes estar cerca de él sin babear.

—Francamente, algo sí que babeo, no soy ciega, pero tiene todo tipo de novias... ya me entiendes, imagínate, tampoco tendría nada que hacer.

Opto por una versión creíble.

—¡Imagino! Pero es que no puedo dejar de mirarlo. ¿No me puedes enchufar en una cena vuestra?

—Por probar...

Ya puedes seguir soñando, bicho. No ha perdido oportunidad de intentar meterse en la cama de Bruno durante todos estos años y ahora va directa a por Lindbergh.

Estoy celosa hasta del aire. Ya no solo de la atención que despierta Alex. Todas esas fans, *groupies* o lo que sean de Bruno que aparecen sin ser invitadas, que llaman a casa preguntando por mi marido. Me ponen enferma. ¿Cómo llamas a casa de alguien que está casado y tiene hijos? Pero ellas van a su asunto, en realidad solo ven al personaje.

En fin. Por ahí llega Natalia.

—Te has puesto seria de repente. Oye, ¿dónde estabas?

—¿No te lo ha dicho Gina? Alexander no se encontraba bien.

—Yo hubiera cuidado de él. La próxima vez me dejas a mí con él.

—¿Tú también?

—¿Yo también, qué? ¿Pero tú lo has visto bien? Y además es superamable y supercariñoso.

—Natalia, lo tengo hasta en la sopa... Se ha hecho íntimo de Bruno, se llaman a todas horas. Es rarísimo, para Bruno quiero decir. Tú lo conoces bien y es más bien reservado, ya me entiendes.

—Bueno, igual es su alma gemela.

—Se supone que soy yo, ¿no?

—Estás celosa de Alex y Bruno. Johanna, ¿no crees que exageras?

—Bueno, ya me conoces, yo siempre exagero...

—¿Necesitas que te ayude a recoger?

—Te lo agradezco.

Algunos de los invitados ya se van y me agradecen y me felicitan. Francamente, me alegro de que el evento esté llegando a su fin. No nací para ser anfitriona.

Por lo visto se han vendido tres obras de gran formato y se han cerrado varias exposiciones en Madrid y Barcelona. Y todo eso ha ocurrido en mi ausencia, durante nuestra experiencia mística. No deja de ser asombroso.

Dunne ha decidido sacar la guitarra y prolongar la velada. Tengo que confesar que su banda me gustaba en los noventa, así que por mí encantada. Quedamos unas quince personas que nos distribuimos como podemos en una de las esquinas de la nave, donde hay un área de descanso con un par de sofás Chester de cuero que están tan viejos que solo quedan bien en un ambiente bohemio, de espíritu reutilizador como el nuestro.

Me arrebujo entre Alex y Bruno. Alex me tiende el brazo por detrás del cuello en un abrazo que se extiende sobre el hombro de Bruno. En realidad, pensándolo bien, estamos los tres abrazados en público, pero es una actitud tan natural la de Alex para este tipo de cosas que lo normaliza dando a entender que somos buenos amigos y ya está.

Los flashes que apuntan a Dunne, sentado con su guitarra frente a nosotros, se desvían de vez en cuando. Se me hace incómodo, pero Bruno y Alex ni se inmutan. Tras unos acordes reconozco la canción, no es del repertorio de Dunne, es *Street Spirit (Fade Out)* de Radiohead. ¡Qué extraña elección! Ni siquiera son de la misma generación, pero es una canción que me encanta.

Alex me la canta al oído de principio a fin y yo saboreo y disfruto de su hipnótica voz totalmente desinhibida, por un momento me siento contenta, enamorada y feliz. Hasta que percibo que me observan y noto la envidia en los ojos de Samanta haciendo que salten todas las alarmas. La canción ha terminado. Me siento erguida ahora, en tensión. Alex lo percibe y deshace su abrazo.

Dunne se arranca con *You know I'm no good*, una de Amy Winehouse, su malograda gran amiga, y se me pone la piel de gallina. La canción distrae a Sami, gran fan de Winehouse, y la lleva a una especie de éxtasis personal compartido por Roberto y Silvio.

Aprovecho el momento para levantarme e irme al jardín. Cuando salgo me doy cuenta de que Gina ya ha hecho prácticamente todo el trabajo, y los puestos de salchichas y kebab están recogidos y cerrados, listos para que los vengan a buscar mañana. El barman está recogiendo y me hace una seña para saber si quiero algo más. Niego con la cabeza y sigue recogiendo en silencio.

Ya he dado instrucciones a la señora de la limpieza y al jardinero para que limpien por la mañana. Le pedí al jardinero que pasara la manguera por todo el suelo porque ya anticipé que quedaría pegajoso, ocurre en cada fiesta. Debería ir a comprobar el estado de los baños de la escuela. Es de imaginar, aunque, bueno, ¡ya se ocuparán mañana!

—¿Cansada? —me pregunta Bruno abrazándome por detrás.

—¡Muerta!

—Podemos irnos, Gina dice que cierra. Ha sido espectacular, cariño, todo el mundo se ha sentido cómodo.

—*Mi* gustar contratarte —dice Alex al que no hemos oído llegar.

—Tengo que despedirme.

—Ya lo he hecho yo, no te preocupes, todo el mundo está muy borracho... Vamos a casa.

—¿Os llevo?

—No, gracias, Alex, iremos dando un paseo. No creo que mi estómago aguante meterme en uno de tus cacharros.

—*Caxarros*??

—¡Johanna! No llames cacharro al Porsche de Alex, eso es como decir que la tiene pequeña —bromea Bruno y yo sonrío traviesa intentado transmitir: de acuerdo no es un cacharro, y, está bien, ¡no la tiene pequeña!...

—¿Sabéis cuál es la diferencia entre un niño y un hombre?

—No.

—El precio de sus juguetes —respondo. Juraría que

este jugueteo los está excitando y, por si acaso, aprieto el paso y me encamino hacia la entrada del jardín.

—¡Acompaño! —oigo decir a Alex. Bruno le pasa el brazo por detrás del cuello y, como grandes colegas, avanzan detrás de mí.

Y de nuevo no somos dos, sino tres.

Son solo cuatro o cinco calles que recorremos totalmente en silencio y caminando relativamente despacio, cada uno perdido en sus pensamientos.

Al llegar a la puerta de casa busco las llaves y me doy cuenta de que me he dejado el bolso. Bruno se anticipa y saca las suyas.

—¿Una copa? —sugiere Bruno y tanto a mí como a Alex, a juzgar por su sonrisa de felicidad, nos ha sonado a ¿te quedas a dormir? Por mi parte, yo estoy demasiado cansada para oponerme y ahora que estoy llegando es cuando más siento el agotamiento porque es tanto físico como mental. Ya no estoy alerta, la tensión poco a poco va desapareciendo y mis piernas y brazos se están convirtiendo en bloques de cemento. Subo las escaleras en plan zombi entre Bruno y Alex.

Mientras abre la puerta, Bruno me pregunta:

—¿Tienes hambre? Creo que voy a hacer un poco de pasta...

Niego con la cabeza mirando al suelo esperando a que abra.

—¿Una infusión con un poco de miel?

Asiento con la cabeza y me dirijo directamente al sillón. Bruno prepara un mejunje con miel y limón, que cuando me lo he bebido me sienta de maravilla.

—¿Ayudo?

—No, no. Quédate con Jou. Yo me encargo, tengo una salsa con alcaparras y anchoas ya hecha. Será un momento.

—Putanesca, *good*. ¿Dónde está *the bar*?

—Tengo vino para la pasta. ¿Qué te apetece?

—Bourbon.

—Mira en esa camarera, si quieres hielo ven a la cocina.

Oigo todo lo que ocurre a mi alrededor, aunque ya no puedo mantener los ojos abiertos. Yo soy así, tengo un límite y cuando lo alcanzo me apago como una vela.

Alex ha vuelto y me está desnudando, abro un ojo, sí, es Alex, que me sonríe. No me opongo, le ayudo; por mí puede hacer con mi cuerpo lo que quiera porque no me voy ni a enterar. No me quita las bragas, el sujetador, sí.

—*Hands up.* [Manos arriba].

Obedezco y levanto los brazos, me pone una camiseta de tirantes y se sienta junto a mí.

—*Up, up. Here drink this.* [Arriba, arriba, toma, bébete esto].

Me hace incorporar y me pasa una taza humeante con el brebaje de Bruno. Lo miro de reojo con el único ojo que puedo abrir.

—*Just a little bit, go on.* [Solo un poquito, venga, sigue].

Doy un par de sorbos dejando caer mi cabeza sobre su hombro, realmente estoy agotada. Entonces Alex se repantiga en el sofá y tira de mí, abrazándome, mientras me da besitos por el cuello.

—Mmmmm.

Oigo a Bruno llegar y puedo percibir el delicioso olor de la pasta, ya no puedo reaccionar.

—¿Has hablado con Frei?

—No encontrar, mañana. *Me* dejar mensaje raro para Adrian, estoy preocupado.

7

Lindbergh Special

Barcelona, miércoles 4 de noviembre. En casa, 08.00 h

Sueño que soy una acróbata del Circ du Soleil. Estoy subida en el columpio, suspendida a muchísima altura. El público que mira hacia arriba parece muy pequeñito. No puedo reconocer sus caras, pero oigo sus gritos de admiración cada vez que mi columpio me balancea de un lado a otro. Ohhh. Ahhh.

Me columpio cada vez más rápido, aunque no soy yo la que genera el movimiento porque intento parar y no puedo. Hay un payaso maléfico que me empuja y se carcajea, una y otra vez.

Ah, no, no puedo dejar que ese tipo se ría de mí. Muy enfadada me pongo de pie en el columpio. Tras gritos de admiración, el público contiene la respiración, ejecuto una graciosa reverencia y salto al vacío.

Me despierto sobresaltada.

Lindbergh está a mi lado. Estamos solos en mi cama, solo lleva calzoncillos.

—*A bad dream, baby?* [¿Un mal sueño, cariño?] —me dice mientras intenta quitarse el sueño de la cara frotándose los ojos. Creo que estoy en leve estado de *shock*. Poco a poco mis pensamientos se ordenan mientras voy despertando y recuerdo. A él parece hacerle gracia mi aturdimiento porque no para de sonreír.

—¿Y Bruno? —pregunto muy seria mientras me levanto.

—No está, se llevado *caxarro.*

—¿El Porsche, en serio?

—Sí, *the keys are gonne.* [Sí, las llaves no están].

—¿No se te habrán caído? Tu cartera está en el suelo.

La recojo y veo su carnet de conducir de Hawái. Tiene su foto y un arco iris que cruza la tarjeta. Este hombre es guapo hasta en el carnet de identidad. Son los cuarenta años mejor llevados que he visto nunca, así recién despertado, en calzoncillos, y apoyado sobre los codos aparenta veintitantos. ¿Será el yoga? No tiene arrugas de expresión, un cuerpo joven, terso, sin pelo, y esa boca, esos ojos. Lo estoy repasando y se ha dado cuenta porque ahora está posando…

—*Your sex slave is ready…* [Tu esclavo sexual está listo…].

¡Ay, ay! ¡Esa cara de lobo otra vez! Me escurro hacia el baño cerrando la puerta, hago pipí y luego me lavo los dientes. Es una manía mía hacerlo antes de ducharme, y cuando voy a prepararme la toalla para la salida de la ducha, no hay. Mierda. Ahora voy a tener que ir al armario de la habitación.

Alex sigue en la cama, lo miro de reojo y se pone de pie interceptándome. Abro el armario y entro. Se mete detrás y cierra la puerta acorralándome contra la ropa de cama, me besa. ¡Está claro que soy presa fácil!

—Mmm, dientes limpios, no muelas.

Joder, ya estamos otra vez con eso.

—Doctor Brown, mi dentista, *will contact you* cuando viene a Europe. *I want you to have implants.*

—No necesito implantes.

—*Yes, you do.*

No puedo replicar a eso porque tengo su lengua en mi boca. Me aparto un poco tirando la cabeza hacia atrás para que me escuche.

—Alex, Bruno no está y yo…

—Tener *permission.*

—¿Cómo lo sabes?

—Tú no te levantar y dejar tu *muher* con otro hombre en tu cama y *you know…*

—Sí, sí, no le coges el coche…

Qué le vamos a hacer, el tío tiene razón y una erección monumental justo bajo los abdominales que me tiene totalmente hipnotizada. Quisiera mirarle a los ojos, pero no puedo. Así que cuando me tiende la mano para que le siga, obedezco como un corderito. Lo sigo hasta la cama. ¡Beeehhhh!

Desde luego últimamente no tengo ningún dominio sobre mi propia voluntad.

—*I'm craving to make love to you.* [Me muero de ganas de hacerte el amor].

Pongo cara de «ahora sí que no te pillo», es decir, lo hicimos ayer, ¿no?…

—¡*Haser* amooor, Johanna! Tú y yo.

¡Ahhh! *Haser* amooor, Johanna tontita… Vaaale ¡me apunto! Soy toda tuya. Y sin querer hago el gesto con los brazos que evidencia que no ofrezco ninguna resistencia. Alex suelta una risilla, pero yo, que estoy más que acostumbrada a que se rían de mí, no me lo tomo mal.

Se sienta en el borde de la cama con las piernas en paralelo y yo me encaramo encima y me acomodo abrazándole.

¡Dios! Estoy loca por este hombre. ¿Cómo me he complicado tanto la vida? No lo entiendo.

Mientras nos abrazamos mis pulmones se llenan de aire, tanto que me duele. Más que un suspiro me parece que voy a explotar. Y está claro que esto es amor, o cuando menos enamoramiento, porque conozco muy bien los síntomas. De Bruno he estado enamorada hasta el tuétano y lo sigo queriendo sobre todas las cosas, así que por mucho que lo intentemos esta ecuación no tiene solución. Pero Alex parece tener un concepto matemático distinto al mío, donde está claro que tres no son multitud.

Su beso se eterniza, sus manos colocadas a cada lado de mi cara para poder mirarme mejor en los momentos que deja de besarme para coger aire. Yo sigo acoplada como un koala sintiendo su erección justo en el sitio adecuado, perdiendo el hilo de mis pensamientos. Me dejo llevar y me froto contra él.

Una vez que mi conciencia se ha relajado y ha dejado de incordiar, mis ganas se desbordan y ataco empujando su torso y hago que se tumbe involuntariamente con intención de montarle.

—Ah no, no. No sexo loco —dice *lou-cou*.

Y aprisionándome con las piernas consigue darme la vuelta y ponerse encima de mí.

—¿Cómo que no?

—No.

Y entonces tira de mis bragas desde la entrepierna y, como si pelara una cebolla, las desliza con una sola mano por mis piernas, sin esfuerzo. Rollo Houdini, Guaaaaau.

—*I want it tight* —dice y ya está dentro de mí—. *I want it wet.* —Cada frase un movimiento pélvico—. *I want it sweet.*

Su pene parece dilatarse en mi interior.

—*And I want it slow.*

Se para. ¡No te pares! Abro los ojos. Está muy serio mirándome intensamente. Todo hombre quiere ofrecerte el polvo del siglo un día u otro. Tanta seriedad me abruma. Muevo la cadera buscando el máximo de penetración.

—Así que lo quieres prieto —digo haciéndole sonreír—. Lo quieres húmedo.

Con otro movimiento tomo el control.

—Lo quieres dulce.

Alex gime de placer. Y yo me muevo debajo de él, perdiéndome.

—Y muy muy despacio.

—*Yeah, baby, slow.* [Sí, nena, despacio].

Retoma el control y me besa. Su penetración es lenta, muy muy lenta, y cuando llega al máximo se para dejándome sentir su miembro por unos largos segundos. Vuelve a besarme para retirarlo otra vez lentamente, con sus ojos clavados en los míos. Su respiración sosegada y rítmica como en un ejercicio de prana. ¡Ay, madre! Esto debe de ser sexo tántrico o algo así.

La verdad, no sé muy bien si tengo que acompasar el movimiento como haría normalmente en un ritmo más rápido.

—*Don't move, baby.* [No te muevas, nena].

Bueno, ¡eso lo aclara todo! Me relajo, me concentro en mis sensaciones y me pierdo en sus preciosos ojos. En cada estocada, cada vez que se para y lo tengo dentro esos largos segundos presionando adentro, tengo un pequeño orgasmo. Cada vez.

Y lo espero, su lenta entrada mirándome a los ojos que evidencian todo el placer que siente mientras entra, ahhh, y otra vez se para y, ahhhh, otra vez me corro como en baja intensidad o me lo parece.

Una vez más y otro microorgasmo cuando se para. Un poquito después mi cuerpo reacciona, cada vez son más intensos.

¡Hasta tengo música en la cabeza! Espera un momento, no está en mi cabeza, está por todas partes es *I need my girl* de The National.

—*Soundtrack* —me jadea Alex al oído.

Esto es el colmo, Bruno nos ha puesto banda sonora..., un grupo que últimamente escucho mucho, una canción que repito varias veces al día.

I NEED MY GIRL, de The National

I am good, I am grounded
Davy says that I look taller
I can't get my head around it
I keep feeling smaller and smaller
I need my girl
I need my girl

No recuerdo una sensación parecida de pasión controlada y, justo cuando estoy esperando esos segundos de extraña intensidad en los que él se para, intensifica el ritmo. En el siguiente movimiento más y en el siguiente aún más. Oaahhh. Muevo las caderas ajustando mi cadencia a la suya. ¡Ahora estamos follando! Fo-llan-do.

Y entonces se para, se queda quieto y, ahhhhh, me corro gritando y perdiendo totalmente el mundo de vista en un orgasmo definitivamente intenso, sintiendo su pene palpitar dentro de mí y el gemido que le provoca su orgasmo en mi oído, mientras se desploma sobre mí.

¡Vaya! Eso ha sido apoteósico.

Se me queda mirando muy callado, como preocupado. Permanecemos así, uno frente a otro, sin decir nada. Rompo el hielo.

—¿Esto ha sido sexo tántrico o algo así?

Se me parte de risa. Típico.

—No. ¡Es un Lindbergh Special!

—¡Ahhh! Pues tienes que patentarlo.

—¿Te gustar?

—Oh, amigo, ¡es fantástico!

Exagero haciéndome la payasa y sonríe. Está feliz y me lo demuestra dándome un beso que me deja clavada a la cama y con ganas de repetir, justo cuando un penetrante olor a café inunda la habitación.

Bruno ha hecho café, hora de levantarse. Lindbergh lo

entiende igual que yo y se pone los calzoncillos, cojo mi kimono de seda y ni me molesto en ponerme bragas.

—¡Buenos días!

—¡Buenos días! —saluda Bruno cuando entro en el salón. La mesa está puesta y hay un poco de todo, un trozo enorme de *brownie*, cruasanes y hasta una pequeña tarta tatin. Bruno lleva puesto un kimono mío bastante masculino que se suele poner y está recién duchado, con el pelo mojado.

—¿Tienes hambre?

—¡Mucho!

Escruto su cara para saber a qué atenerme, parece de muy buen humor. Me acerco para darle un beso en la mejilla; entonces me coge por los brazos, tira de mí y me sienta sobre él.

—¿Y Alex?

Aparece por la puerta en calzoncillos y con su iPhone en la mano muy serio.

—Buenos días. *My phone is dead,* ¿tú tiene cargador iPhone?

—Sí, claro, mira en ese cajón.

Se da la vuelta sin tan siquiera mirarme a mí o a la comida y, cogiendo el cargador, se dirige al enchufe más cercano y se agacha, quedándose de cuclillas mientras revisa sus correos. Bruno se aprovecha de tenerme entre sus brazos y me besa húmeda e intensamente. Mmmm.

—Sabes a café.

Alex vuelve sin su teléfono que ha dejado cargando y coge un cruasán.

—Y tú hueles a sexo.

—¡Bruno! No seas vulgar —digo levantándome y sentándome a su lado.

—No soy vulgar, ¿qué habéis estado haciendo ahí dentro?

—*Patchwork*, por supuesto.

—¿Esa danza lentita y ese rollo de miradas?

—¿Has estado espiando? ¡Bruno! No tienes remedio.

Alex niega con la cabeza y se ríe al mismo tiempo.

—¡Eso que tú ver *it's a Lindbergh Special*!

—Así que un Lindbergh Especial, ¿eh? ¿Y te ha gustado? —me pregunta Bruno.

Opto por la verdad y haciendo el signo de OK le respondo exagerando:

—Oh, amigo, ¡es fantáastico!

El móvil de Alex parece haberse vuelto loco y no para de emitir todo tipo de pitidos y silbidos. Se levanta cogiendo otro cruasán, desconecta el teléfono del cargador y sale a la terraza.

Mentalmente repaso las probabilidades de que un vecino pueda verlo en mi terraza, en calzoncillos. No muchas, estamos en el ático.

—Tenemos reunión de profesores.

—Lo sé. ¿Te parece mal que vaya a yoga?

—Pensaba que estarías relajada, ya sabes, con el Lindbergh Special.

—No de cabeza…

—Por mí bien, cariño, pero esta noche prepárate —me dice en tono seductor.

—¿Es una amenaza?

—¡Es la guerra!

Lindbergh vuelve a entrar. Tiene mala cara, se sienta muy serio y pensativo a la mesa.

—¿Café?

—*Please*.

Me levanto y me dirijo a la cocina. La Nespresso está al fondo, junto a la ventana, pero aun así los veo y oigo como cuchichean. Bruno niega con la cabeza y Alex gesticula como enfadado. No sé si se están peleando, no creo, es más bien un debate acalorado.

Hago el segundo café y me encamino hacia la mesa. En

cuanto me ven llegar se callan y sonríen. Dejo los cafés en la mesa.

—¿Qué ocurre? Quiero saberlo.

—Oh, nada. No te preocupes —contesta Bruno, lo que significa que hay algo de que preocuparse.

—Vale, ahora sí que quiero saberlo. ¿Qué es? ¿Os peleáis?

—No, ¡no! —dice Alex.

—¿Y entonces?

Bruno mira a Alex como demandando una explicación y Alex asiente.

—*We don't know yet but it might be about Jurgen.* [Aún no lo sabemos, pero podría ser algo sobre Jurgen].

—¿Qué pasa con Jurgen?

Me estoy poniendo histérica.

—Cariño, ha llamado Adrian.

—Yo encargar *investigation after three days missing, we reported the disappearance…* [Yo encargué una investigación después de que llevara tres días desaparecido, denunciamos la desaparición…].

—Verás, ¿recuerdas que sabemos que Jurgen tenía vuelo para Barcelona pero nunca lo cogió?

—Sí, ¿y qué más? Habla Bruno, no podéis protegerme así.

—*Of course we can!* —protesta Lindberh gritando. Vaaale, cálmate, lo que me faltaba, dos sargentos.

—Han encontrado a alguien que coincide con su descripción.

—¿Muerto?

—Sí.

—¿En su casa?

—No, en un bosque suizo.

—¿Lleva documentación?

—No.

—Y, entonces ¿cómo saben que es él?

—*They don't know.*

—¿Sabes si Jurgen tenía un gran lobo tatuado en la espalda?

—No, bueno, hoy en día no sabría decir.

—¿Y por qué creen que es él? Quiero decir, es grande, rubio, como muchos otros allí.

—*Adrian report to the local police and gave them photos.* [Adrian informó a la policía local y les dio fotos].

—Andreas, el hijo de Pablo, tenía un lobo tatuado en la espalda.

—Pero a ver, no entiendo, si Adrian denunció la desaparición y tienen fotos, ya saben si es él o no. ¿No?

—El hombre que encontraron ha sido devorado por los lobos.

—¿Me estás tomando el pelo? ¿Eh? ¿Os reís de mí?

Lágrimas ruedan por mis mejillas.

—*It's true. Calm down, baby.*

—¡¿Que me calme?! Los lobos no atacan a las personas, eso lo sabe todo el mundo.

—Lo hacen si el atacado es ofrecido como carnaza atado a un árbol y con heridas en el cuerpo.

Esa descripción me golpea como un mazo y me deja en estado de *shock*. No puedo escuchar más. Me hago un ovillo en mi silla. Intento respirar pausadamente, las lágrimas siguen cayendo sin tregua. Alex viene hacia mí para consolarme.

—¡No te acerques a mí! —le grito apartándolo con un gesto.

Bruno, que me conoce mejor, sabe que no te puedes acercar a mí si estoy llorando de rabia y le indica con un gesto a Alex que se aparte, que no es buen momento. Y yo me levanto hecha una furia y me siento en el regazo de Bruno y me abrazo a él como una niña pequeña.

—*We're flying in a few hours.* Bruno, envío detalles de vuelo *by* WhatsApp. [Volamos en unas horas].

—¡Alex! Johanna está muy…

Con un gesto que parece dar a entender «no me digas más» o «no te molestes» apura su café, se levanta y se va a la habitación.

—Te has pasado, ¿no?

—Me importa una mierda, ¡Jurgen está muerto, Bruno!

—No lo sabemos.

—Yo sí lo sé, hace días que lo presiento. Ha sido una sensación constante.

—Habla con Lindbergh, no se lo merece. Al fin y al cabo, ha sido él quien se ha preocupado por buscar a Jurgen.

Me seco las lágrimas y me levanto. Cuando tiene razón, tiene razón.

Lindbergh ya está vestido con sus pantalones vaqueros, la americana de anoche y una camiseta de Bruno.

—*I'm sorry* —me disculpo.

Y se queda ahí mismo, mirándome, sin contestar.

—¿No quieres ducharte?

Alex niega con la cabeza. Me acerco, me abrazo a él y vuelvo a estar hecha un mar de lágrimas. Poco a poco su resistencia se relaja y me levanta la cara para mirarme y me sorbe las lágrimas. Creo que me va a besar, no lo hace.

—Johanna, *I have deep feelings and emotions and I can't get the balance right. I think we should talk.* [Johanna, tengo sentimientos muy profundos y fuertes emociones y no encuentro el equilibrio. Creo que tenemos que hablar].

Me aparto de él y gritando le digo:

—Pero tú crees que yo estoy para hablar de tus sentimientos y de tu equilibrio emocional, ¿ahora? ¿Eh? Todo está maldito, Alex, la herencia, todo este asunto de Suiza… ¿Y tú quieres hablar de emociones?

Confirmado, estoy histérica, y muy triste. Con Jurgen se me va un pedazo de mi infancia, con Pablo y Andreas, otro. Siento como si anduviera sobre arenas movedizas. Alex se queda ahí, mirándome, muy serio sin decir nada.

—¡Di algo!

—*I'll step out and leave you alone.* [Me apartaré y te dejare sola].

—Sí, déjame en paz, será lo mejor.

—*Fine!*

—Pues eso.

Se acabó. Se acabó y es lo mejor.

Me meto en la ducha y me desahogo entre lágrimas y sollozos. Poco a poco el sentimiento de culpa cede. En realidad, ¿qué culpa tengo yo de todo esto? ¿Es recibir un dinero lo que me produce ese sentimiento? ¿Por qué me flagelo? Tampoco es que haya tenido una relación extramatrimonial ni mucho menos. Sin embargo, siempre he pensado que hay una relación causa efecto; si te portas mal, algo malo te pasará, llámese karma o como sea. ¿Me he portado mal? Según se mire, pero creo que no.

Más relajada salgo de la ducha, me envuelvo en la toalla y me estiro en la cama. Aparece Bruno.

—¿Cómo estás?

—Mejor. Me he comportado como un histérica, lo siento.

—No te preocupes, tienes todo el derecho. Voy a la escuela a esa reunión. Tómatelo con calma, pero tienes que hacer la maleta para tres días y estar lista en una hora y media.

—¿Y Alex está cabreado, imagino?

—¿Lo has dejado?

—Algo así.

—Bueno, eso ahora no importa; nos vendrá bien reflexionar un poco a todos.

—¿Y Maya?

—Ya he hablado con Gina y ella se encarga de todo, de la escuela también. Lola estará a sus órdenes como si fueras tú. También he contestado a Charlotte y varios correos electrónicos pendientes. Lo de anoche fue un éxito y tenemos un par de ofertas.

—Sabes, últimamente me siento culpable por todo, por el tiempo que dedico a Maya, por...

—Maya es una privilegiada comparada con otros niños y está teniendo una infancia feliz y equilibrada. Disfruta de lo que tienes, Johanna, en vez de estropearlo con elucubraciones estériles.

—Para ti es fácil. Oye, ¿y tu blog?

—Tendrá que esperar, no pasa nada si una semana no sale, aunque podría buscar una sustitución... Quizás Natalia podría hacer algo.

—¿Por qué no? Habéis cocinado juntos mil veces os podéis coordinar...

—Venga, haz la maleta.

Se va y me deja frente al armario. Soy un zombi, me muevo por inercia, no solo estoy triste por Jurgen, también por Alex. Solo de pensar que vaya a desaparecer de mi vida me impide respirar, me falta el aire. Esta mañana todo era perfecto durante un corto espacio de tiempo. Pero era una ilusión. También él se ha dado cuenta.

Cuando termino la maleta me percato de que es un fiel reflejo de mi estado de ánimo, no hay ni una sola prenda que no sea negra. Me he puesto unos pantalones vaqueros negros, una blusa de seda negra y una americana negra. Me miro en el espejo, tengo ojeras, muchas ojeras, pero el estilo me sienta bien. En honor a Jurgen rescato y desempolvo mis Martens del altillo, solo me las pongo ocasionalmente para algún concierto.

Cierro la Samsonite y tiro de ella hasta el salón. Me preparo otro café y espero.

8

Lobos

Miércoles, 4 de noviembre, sobrevolando Francia, 18.00 h

El *jet* privado que ha contratado Lindbergh es bastante más grande que el de la última vez. Estamos los tres sentados en silencio. Bruno escucha música, Alex teclea en su portátil como un poseso. Debe de haber tomado clases de mecanografía porque tiene una velocidad endiablada.

Yo sigo zombi, con sentimientos encontrados respecto a Alex, que ha ocupado el sillón frente a mí, como a dos metros. En esta distribución, que es más de salón que de avión, no me ha mirado ni una sola vez. Excepto una que lo he pillado mirándome las Martens, y no me extraña, desentonan bastante con la pulcritud y el minimalismo del *jet*. Sin embargo, yo no le he podido quitar la vista de encima en todo el trayecto.

Se ha mostrado frío y distante en todo momento. Está en modo *business* con su traje gris oscuro impecable, como si lo de esta mañana jamás hubiera tenido lugar. Me maravilla cómo son los hombres para estas cosas. Ahí están, cada uno a lo suyo.

Percibo su mirada y se la aguanto unos buenos segundos. «Eres una pirada y me has hecho daño» o «Te vas a enterar, a mí nadie me trata así» o quizás solo sea «Te has pasado, pero te echo de menos». Mi percepción está bajo cero, sigo grogui, aunque ya no necesito llorar, solo me ha quedado el nudo en la garganta y la imposibilidad de llenar mis pulmones de aire. Respiro como si tuviera una insuficiencia, pequeñas bocanaditas, como si fuera un pececillo.

Alex se desabrocha el cinturón y se acerca a Bruno. Se sienta justo a su lado. Bruno se quita los auriculares de su iPhone con una sonrisa. Entre ellos todo va bien.

—Yo he reservado *suite* en The Dolder Grand, quería sorpresa para ti. Cenar con Nieder.

Intentan hablar bajito, pero después de todo estamos solo a unos metros, los oigo perfectamente. Interrumpo.

—¿Heiko Nieder?

—Sí.

—Alex, por favor, id vosotros dos; yo no me encuentro bien. He vomitado hace un rato y creo habértelo estropeado ya una vez, no me parece justo.

Es mentira, no he vomitado; sin embargo, es creíble porque no he probado el sushi que nos han ofrecido, ni el champán, y no podría enfrentarme a una cena con los dos.

—Jou, me quedo contigo, lo prefiero.

Bruno no puede engañarme, son muchos años. Sé perfectamente que se muere de ganas de cenar con un chef de renombre.

—Insisto, en serio, a mí no me apetece y seguro que hay un servicio de habitaciones magnífico.

—¡Oh, Johanna! *The suite* Carezza es mas allá de tu *imagination*, mi favorita en esta área.

Área, ¿qué área? Debe de referirse a Europa, o a la zona del norte, a saber…

—¡Pues que así sea!

—OK. Envío mensaje a Heiko.

—¡Alex! Esto va a ser espectacular —dice Bruno y chocan manos en plan Yankee.

—¡Yo digo sí!

¿Yo digo sí? Acabemos ya con el festival de la amistad

del alienígena si no es mucho pedir. Creo que se dan cuenta de que estoy triste y han herido mi sensibilidad, aunque la podría herir una suave brisa. Estoy hecha un flan.

El piloto de Priority Jets nos avisa de que estamos a punto de aterrizar y Alex vuelve a su asiento. La azafata, fiel copia de Cameron Diaz, nos pide los pasaportes. Ya es de noche en Zúrich, tocamos tierra.

Sube un tipo con pinta de agente secreto y nos escruta mientras confirma nuestras identidades; devuelve los pasaportes a la azafata y desaparece.

Cuando bajamos por la escalerilla, Alex nos indica que lo sigamos. Vamos directamente a la furgoneta de Linbergh Hotel's. Ni aduanas, ni transporte de equipaje, ni colas. Supongo que si vives así una temporada, por fuerza tiene que nacer un sentimiento de superioridad.

No pienso más que estupideces. La descripción del hombre devorado por lobos me asalta de vez en cuando y me pone de malhumor, y eso hace que ellos dos vayan con mucho tacto conmigo. Hay que esperar a mañana, sabremos algo más de la policía.

Tras un trayecto corto, la furgoneta sube por una colina hasta lo que desde lejos parece un palacio o más bien un castillo nórdico de cuento de hadas de construcción moderna. Con la iluminación nocturna es realmente imponente. Es enorme. Bruno tiene que contener su sonrisa y yo tengo complejo de aguafiestas.

Bajamos del coche y el techo del porche de la gran entrada está lleno de pequeñas luces blancas, como si ya fuera Navidad. Tenemos más personal de uniforme del necesario, ansioso por agasajarnos y hacernos sentir el lujo de la experiencia de alojarse en un hotel de estas características.

Más vale que no me toquen porque hoy muerdo y además estoy muerta de frío. El único que repara en eso es Alex; Bruno está con la boca abierta en éxtasis, parece un pueblerino. Alex se quita su abrigo y me lo echa por los hombros, en su mirada creo ver cierta ternura.

El vestíbulo del hotel es descomunal, el más grande que yo haya pisado. Un reloj, que es una estatua de una mujer en bronce negro, preside el centro bajo una lámpara de araña de dimensiones palaciegas. A cada lado, una columna de mármol y dos inmensas escaleras, cuyas paredes albergan cuadros antiguos de bosques, y, debajo de ellas, entre el reloj estatua, dos sofás de cuero en color crema, con sus mesas, flanquean el gran ascensor, todo muy estilo *art déco*, muy años veinte. Empiezo a entender por qué a Alex le gusta; tiene ese ambiente gran Gastby, como su apartamento de Barcelona.

A la derecha del vestíbulo hay otra zona de descanso para los clientes, como una enorme galería con ventanales y techos altísimos artesonados, llena de sofás orejeros de cuero y mesas. Los restaurantes y el bar, sin embargo, son modernos, cada uno en su estilo. Alex, que conoce bien el hotel, ha estado esperando con paciencia junto al gran ascensor a que nuestros ojos y nuestros cerebros se acostumbren a la imponencia del lugar. Bruno y yo nos damos cuenta de que nos está esperando y nos reunimos con él. Al entrar en el ascensor, Bruno no puede disimular la emoción.

—Impresionante.

—*It get's better and better,* la suite te va a... *how do you say?* ¿Flipar?

—Me va a flipar seguro.

Llegamos al piso superior y lo normal sería que fuésemos acompañados por un conserje, pero Alex ya tiene las llaves porque es cliente habitual y conoce a los dueños.

Cuando abre la habitación, Bruno y yo nos quedamos sin palabras. Flipados. *Suite* es un eufemismo, lo que tenemos delante es un pisazo de más de doscientos metros con un ventanal enorme. Desde donde estoy, junto a la puerta, puedo ver las vistas nocturnas de Zúrich y el lago.

Miro a Alex de reojo y percibo su satisfacción. Tengo que decir que mi primera impresión es que esta *suite* es lo más parecido a la perfección según mis gustos personales, es decir, que estando totalmente fuera de mi alcance, es de mi estilo.

El salón es inmenso, domina el gran ventanal de punta a punta y el suelo de madera oscura es sencillamente espectacular; destaca aún más debido a los pocos elementos de la estancia. En una esquina, una chimenea circular suspendida del techo con su fuego chisporroteando y dos butacas de cuero y madera de raíz. Frente al ventanal, una alfombra circular inmensa de color crema claro sobre la que reposan dos sillones enormes de formas orgánicas y sinuosas, parecen dos *chaise longues* para gigantes. Son de cuero en color tostado, con seis cojines, de terciopelo crema. Curiosamente, tienen un aspecto cálido que invita al relax. Si estuviera de buen humor correría a estirarme encima; nunca había visto un sofá tan grande.

—Hay dos habitaciones —dice Alex, y Bruno y yo nos damos cuenta de que aún seguimos con la boca abierta.

Camino hacia el ventanal y veo una pequeña cocina privada integrada en el área del comedor. También hay una habitación tipo *lounge* de vanguardia para la tele. Y como los techos son tan altos y los ventanales van de arriba abajo, con la terraza que recorre toda la *suite*, las habitaciones también tienen vistas.

—Alex, esto es demasiado.

Bruno está abrumado por tanto lujo. Echa un vistazo al baño y vuelve a salir.

—No sé si puedo hacer pipí en ese baño, ¿lo has visto, Johanna? Creo que esta noche me quedo contigo, ¿qué puede haber mejor que esto?

—Una cena con Heiko Nieder y buena compañía —digo para animarlo a que salga a cenar.

—Tú también poder venir, Johanna —insiste Alex.

—Yo no soy buena compañía.

Se me acerca, me pone una mano en cada hombro y me mira a los ojos. Mentalmente le doy permiso para abrazarme o besarme, según le convenga más. Veo que duda y se aparta.

—*Mí* cambiar de camisa un segundo.

—Yo debería hacer lo mismo.

Cogen sus maletas y desaparecen en el primer dormitorio anexo al salón. Les oigo reír y trastear.

Me acerco a la chimenea y me siento en una de las butacas. El fuego siempre me ha atraído poderosamente. Cuando tengo uno delante me abstraigo de tal manera que se me pasa el tiempo volando. Miro a mi alrededor pensando en lo que voy a hacer, dónde voy a cenar y la inmensa *suite* se me antoja demasiado enorme. Tengo el síndrome de la clase turista. Creo que voy a optar por una cena en la cama, acotaré el territorio a un espacio más manejable.

—*We are downstairs,* si *nesesitas* cosas.

—O si cambias de opinión, por favor, no bajes con esas Martens.

—¿Ah, nooo?

Sonrío, realmente están fuera de lugar. Ellos, sin embargo, están tan guapos con traje chaqueta, sin camisa, en fin... Suspiro, por ellos, por Jurgen, porque estoy en una de esas fases de mortificación, mientras los veo salir por la puerta con su charla animada.

El cuarto de baño es de ensueño, tiene incluso una sauna finlandesa; es como un pequeño spa con una bañera central enorme. No puedo evitar pensar que cabríamos los tres y que es una pena que todo haya terminado tan pronto. Hay un teléfono junto a la bañera. Iré a buscar la carta del servicio de habitación y pediré mi cena desde la bañera, en plan Maria Callas.

Voy en busca de la carta cuando veo mi maleta sola en

la entrada. Me decido por deshacerla antes de bañarme. Me dirijo a la habitación y veo que la grande ha sido ya tomada por los chicos, sus maletas abiertas, su ropa por la cama, tenían prisa.

Elijo la otra habitación, que para ser la pequeña es gigante, con su gran ventanal cubierto con dos tipos de cortinas para aislar el sol, la terraza iluminada, la gran cama decorada en tonos chocolate negro y chocolate blanco, la estructura de madera de raíz y un gran cabecero de piel crema que llega hasta el techo y que enmarca, por la parte de abajo, otro cabecero de color chocolate negro a juego con un montón de cojines de ambos colores. Junto a la cama, una lámpara que recuerda a una caracola alargada que se haya estirado por los bordes y dos lamparitas caracola en cada una de las mesillas de noche.

No veo la televisión a simple vista. Deshago mi maleta y cuelgo toda la ropa en el armario dudando de que nos vayamos a quedar los tres días en este sitio. Al fin y al cabo, Alex y yo somos dueños de un hotel en la ciudad, y entiendo que ha querido agasajar a Bruno y que la cena en el restaurante de Heiko no podía tener mejor final que en esta *suite*, pero el resto de los días me parece un gasto innecesario. Aunque, por otro lado, Alex es muy muy rico, y diría que muy poco práctico.

Me quito las botas y los pantalones, que me aprietan un poco. Me quedo en braguitas y camiseta. Me entra sed, voy a la cocina y encuentro todo un bar. Me preparo un *gin-tonic* que parece una pecera, cojo unas galletas de chocolate, cacahuetes y unas chips naturales con una pinta muy *gourmet*, y me vuelvo a la cama. Cuando paso por la chimenea dudo un momento entre picar en la cama o sentarme junto a ella. Me inclino por el recogimiento de esta última.

Un *gin-tonic* tamaño XL, unos cacahuetes y dos galletas después, se me cierran los ojos. Creo que hoy he pasado muchos nervios y estoy exhausta.

Zúrich, 5 de noviembre. The Dolder Grand, 03.00 h

Me despierto con mucha sed, como si tuviera arena en la boca. Estoy sola. Hay algo de luz porque la terraza está iluminada y la cortina parcialmente corrida. Me levanto y me dirijo a la nevera; antes echo un vistazo a la otra habitación para ver si han vuelto.

Han vuelto. Duermen cada uno en una punta de la gran cama, ambos en calzoncillos y sin camiseta, entre ellos un espacio enorme.

En la cocina me bebo un botellín de agua de un solo tirón, es de cristal, probablemente carísima. Me vuelvo hacia mi habitación, pero antes entro a echarles otro vistazo.

Me siento muy sola, no puedo evitarlo. Me escurro entre los dos intentando no despertarlos, en vano. Alex levanta la sábana para que me instale mejor y Bruno se gira y se acopla a mi espalda dándome un beso en el cuello. Yo me quedo en posición ovillo de cara a Alexander.

—¡Te quiero! —dice Bruno más dormido que despierto.

—Lo sé, yo también.

—*I love you!* —dice Alex mirándome a los ojos.

—*I know, I love you too* —respondo.

Por extraño que parezca, reconocer cualquier otra cosa sería mentir, es así de sencillo. Nos dormimos abrazados y de nuevo somos tres.

Zúrich, 5 de noviembre.The Dolder Grand, 09.00 h

Me despierto otra vez sola y me encuentro una nota de Bruno en la almohada; dice que me esperan abajo en el desayuno. Hubiera preferido desayunar aquí arriba. Ahora que mis ojos se han acostumbrado a la luz, me parece aún más irreal este sitio, con estas vistas tan verdes, el lago, la ciudad a nuestros pies. Me siento afortunada solo de poderlo ver.

Me paseo por la *suite* para disfrutar de cada detalle a

plena luz del día pensando que quizás Alex tiene una mañana ajetreada y no está para desayunos íntimos, bueno, y Bruno tampoco. Quizá les ha sabido mal despertarme.

Me ducho y me visto muy rápido. Hay televisión en el cristal del baño, es muy *minority report*.

Vestido negro, leotardos negros y las Martens. Soy una versión punk de Mia Farrow en la película *La semilla del diablo*. Cojo el abrigo de *tweed*, por si acaso tenemos prisa y no vuelvo a la habitación.

Mi pequeño homenaje a Jurgen con las botas atrae miradas a mi llegada al vestíbulo. Creerán que soy una cantante o algo así.

Descubro el gran restaurante, es inmenso y circular, con vistas a la terraza; supongo que en verano se puede desayunar fuera porque hay mesas y parasoles. De nuevo el paisaje desde esta colina se lleva todo el protagonismo, hace un día de invierno espléndido, luminoso y vibrante.

La palabra bufé se queda corta para el despliegue babilónico que tienen montado. Por un momento pienso que quizá me haya equivocado y me haya metido en el típico *brunch* dominical por la cantidad de comida ofrecida. Aunque estoy algo aturdida, estoy segura de que hoy no es domingo.

No localizo a los chicos. En una pared recubierta de madera hay cientos de cucharillas clavadas que ofrecen *macarons* y pequeñas delicias de postre. Es como una escultura diseñada para que te acerques y cojas una de las pequeñas joyas dulces que se ofrecen. Me hace pensar en Maya, no habría manera de separarla de esta pared. Ese pensamiento me hace sonreír, ¡mi hija delante de semejante bufé!

Hay bastante gente desayunando y yo estoy ahí en medio, como nota discordante, sin conseguir localizarlos. No sé dónde sentarme. Alguien me hace señas. Es Adrian, que desayuna solo.

—*Morning, Mr. Frei. Where's everyone?*

—Han ido a la policía.

—Tú también hablas español.

—Sí, he vivido en Chile tres años trabajando para el señor Lindbergh. Hablo seis idiomas.

—Vaya. Bueno, tres vienen de forma natural siendo suizo.

—En mi caso sí, pero no es lo más habitual. Señora Mayer, tengo documentación para firmar... Sírvase el desayuno y le explico.

—¿Se sabe ya algo de Jurgen?

—No sabemos nada aún, pero seguro que el señor Lindbergh nos llamará en cuanto sepa algo. Sírvase su desayuno, por favor.

Me levanto y la verdad es que no tengo nada de hambre; es una pena, pero es que tengo el estómago echo un nudo. Cojo un plato y me doy una vuelta por el magnífico bufé. Elijo un cruasán, un yogur de frutas del bosque en un vasito y un zumo de naranja.

Vuelvo a la mesa. Mmm, el zumo está recién exprimido, ¡qué bueno!

—Perdona, ¿sabes si el café es americano?

—Señora Mayer, está usted en el Dolden Grand; el café es como usted quiera. ¿Cómo lo quiere?

—*Ristretto*, sin azúcar. Por favor, llámeme Johanna.

Adrian avisa al camarero, que se persona a velocidad supersónica pero sin correr. Mientras pide el café aprovecho para observarlo. Es muy atractivo que no guapo, aunque, pensándolo mejor, sí que es guapo para ser muy pelirrojo y tener muchas pecas. Es un Guillermo el Travieso en versión ejecutiva. Me gusta, me habla con mucha calidez y me inspira confianza.

—¿Qué papeles son esos?

—Todos, me temo. Están las firmas para que ingresen la indemnización de la póliza de vida del señor Berenguer.

—Debería llamarse seguro de muerte, no de vida.

Mi reflexión le ha impactado porque ha abierto mucho los ojos.

—Tenemos también todos los papeles para la Hacienda suiza, el Gobierno suizo y la Hacienda española. El señor Lindbergh me ha pedido que le asesore en materia fiscal, si usted lo desea, y en futuras inversiones. Tiene que decidir si quiere que su dinero se quede en Suiza, en España, o ambas cosas, pero no hace falta que lo decida hoy.

—Sí, de hecho, preferiría que estuviera aquí mi marido para...

—Todo el dinero es suyo, señora Mayer.

—Johanna, por favor.

—Respecto a la venta del hotel, me temo que tendremos que pedirle que espere un poco más porque el señor Lindbergh ha decidido vender su parte también.

—¿Alex no quiere el hotel?

—No. Tenemos una oferta de los antiguos propietarios que querían conservarlo, pero tenían algún problema con el señor Berenguer y este nunca quiso venderles su parte, por lo que finalmente el grupo político vendió la suya al señor Lindbergh. Están muy interesados en recuperarlo.

—Alex me explicó que un grupo de la ultraderecha Suiza celebraba en el hotel todos sus eventos.

—Tenían su sede hasta hace unos meses.

—¿Por qué crees que Lindbergh ha cambiado de opinión?

—Eso, señora Mayer, se lo tendrá que preguntar a él; no estoy autorizado a explicarle mucho más. Respecto a la venta, puede ser rápida y creemos que el precio será muy bueno, pero necesitamos su autorización por escrito si es que está de acuerdo.

—Si es lo que quiere el señor Lindbergh, a mí me da igual vender a otro.

En mi fuero interno me alegro. Los diez minutos siguientes me los paso releyendo por encima y firmando todos los documentos que Adrian me indica, me fío al cien por cien de Alex y creo que Bruno también.

—Johanna.

La voz de Bruno me sobresalta. Junto a él está Alex, sus caras son un libro abierto. Jurgen está muerto.

Zúrich, 6 de noviembre.
Friedhof Fluntern, cementerio, 17.00 h

Atardece en el cementerio Fluntern. Espero que sea la última vez que piso este sitio, ya he tenido suficiente. Vamos a llegar al fondo del asunto de la muerte de Jurgen, aunque me tenga que gastar hasta el último euro que he heredado.

Avanzamos hacia su lápida. Tan solo han venido dos familiares y el resto del grupo lo componemos Adrian, Bruno, Alex y yo.

Llevo flores para él y para los Berenguer, sus lápidas son contiguas. Lindbergh ha corrido con todos los gastos y no me ha dejado colaborar. Aún se conserva la gran foto familiar con todos ellos sonriendo que tanto me impactó la última vez, y que me pone los pelos de gallina, no puedo evitarlo.

Deposito las flores y siento que Alex me observa; quizás está pensando que en este cementerio me besó por primera vez. Le devuelvo la mirada. Mi radar sigue sin pilas, no capto las señales. Se me acerca muy serio.

—Tienes momento.

—Sí.

Iniciamos un breve paseo hacia la tumba de James Joyce, en silencio. El sol se pone, el cielo se vuelve rojizo y los pájaros parecen alborotados.

—Vuelvo a casa.

—¿A Barcelona? ¿Hoy?

—No, Johanna, a casa. A Haleakala con Kalani.

—¿Te vas a Hawái?

Asiente. Parece triste. Inspira sonoramente y dice.

—Tú tiene razón, *I need you more everyday and feel faithless.* [Tú tienes razón, te necesito más cada día y he perdido la fe].

—¿Has perdido la fe? ¿Tú?

Estamos frente a frente, muy cerca, no puedo evitar llorar. Y me acaricia la cara.

—*Yes, I don't want to get over you but I think I must try*. [Sí, en realidad no quiero superar lo nuestro, pero creo que debo intentarlo].

—Nos dejas.

—Lo intento.

—Bruno lo sabe.

—Sí. *Mí* estar cerca con investigación de Adrian.

Asiento con la cabeza.

Nos abrazamos un largo rato con los ojos cerrados, las lágrimas no han cesado en los míos. Alex me levanta la cara y me besa apretándome contra él de tal manera que me deja sin respiración. No es un beso sensual, sino uno de despedida.

—*Bye, baby, take care!*

Asiento porque no puedo hablar.

Y se aleja en dirección opuesta al entierro sin mirar atrás. Me siento en un banco junto a Joyce. Se ha hecho de noche. No puedo respirar, tengo un nudo en la garganta y un agujero en el alma.

FIN DE LA PRIMERA PARTE

Life in a sandwich

Spotify list

Karma police – Radiohead
Je veux – Zaz
Big jet plane – Angus and Julia Stone
This mess we're in – PJ Harvey
Street Spirit – Radiohead
You know I'm no good – Amy Winehouse
I need my girl – The National
Creep – Radiohead
Thirteen Thirty-Five – Dillon
In my veins – Andrew Belle
Clementine – Sarah Taffe
No se cómo te atreves – Los Planetas
I wanna be sedated – Ramones
The wolf – Phildel
You are the one that I want – Angus & Julia Stone
(Live at the flowerpot)
Peluquitas – Nancis Rubias
Alex – Girls
I will follow you into the dark – Death Cab for Cutie
Lets go surfin' – The Drums

Agradecimientos

Gracias a Peté Solé por su apoyo incondicional, a Susana del Valle por toda su paciencia y su fe, y muchas gracias también a Mar González de Babulinka Books por su ayuda inestimable y su cariño. Sin olvidar a Eva, mi peluquera. Agradezco, también, al equipo de Roca Editorial la confianza que han depositado en mí.

#sexy #yogi #sándwich

SE ACABÓ DE IMPRIMIR

UN DÍA DE PRIMAVERA DE 2017

EN LOS TALLERES GRÁFICOS DE LIBERDÚPLEX, S.L.U.

CRTA. BV-2249, KM 7,4, POL. IND. TORRENTFONDO

SANT LLORENÇ D'HORTONS (BARCELONA)